독서
산책

독서 산책

발행일	2020년 1월 3일

지은이 이계형
펴낸이 손형국
펴낸곳 (주)북랩

편집인	선일영	편집	오경진, 강대건, 최예은, 최승헌, 김경무
디자인	이현수, 김민하, 한수희, 김윤주, 허지혜	제작	박기성, 황동현, 구성우, 장홍석
마케팅	김회란, 박진관, 조하라, 장은별		

출판등록 2004. 12. 1(제2012-000051호)
주소 서울특별시 금천구 가산디지털 1로 168, 우림라이온스밸리 B동 B113~114호, C동 B101호
홈페이지 www.book.co.kr

전화번호	(02)2026-5777	팩스	(02)2026-5747

ISBN	979-11-6539-012-9 03810 (종이책)		979-11-6539-013-6 05810 (전자책)

이 도서의 국립중앙도서관 출판예정도서목록(CIP)은 서지정보유통지원시스템 홈페이지(http://seoji.nl.go.kr)와
국가자료공동목록시스템(http://www.nl.go.kr/kolisnet)에서 이용하실 수 있습니다.
(CIP제어번호: CIP2019053664)

이계형의 독서 에세이

독서
산책

북랩 book Lab

프롤로그

도서관 서가 사이를 어슬렁거리며 책 세상으로 주유(周遊)하던 즐거움을 어떻게 표현해야 좋을까요?

길게 늘어선 서가의 숲으로 접어들면 훅하고 온몸을 끼얹듯 몰려드는 책 내음. 서가에 그득 채워진 책과 그 끄트머리에서 위층 서가 사이 작은 공간, 그 너머로 또 다른 서가와 책들로 넘실대며 펼쳐지는 바다. 그리고 모로 나란히 세워져 손길을 기다리는 그들과 눈 맞춤하는 시간의 전율.

이윽고 눈길과 손길이 맞닿아 책과 만나고 책장을 열면, 내 속에 맴돌던 요란한 세상의 경적과 파도 소리는 돌연 멎어버리고 마법의 옷장* 속 새로운 세계로 접어들게 됩니다.

---

* 『나니아 연대기: 사자, 마녀 그리고 옷장』이란 영화에서 전쟁을 피해 친척 집에 맡겨진 아이들이 저택의 옷장을 열고 '나니아'라는 판타지 세계로 접어들게 된다.

서가를 산책하다가 새로운 세상으로 여행을 떠나던 때에 일던 마음의 파동, 생각의 조각을 끄적여 보았습니다. 그리고 여기 사뭇 부끄러운 마음으로 그 노트를 펼쳐봅니다.

차례

독서산책

김연수, 『밤은 노래한다』

사랑한다면 그 잘난 혀가 아니라
너의 신체로 보여 달란 말야

때로 끔찍하다. 극단적인 이분법.

나와 견해를 달리하거나, 내 이익에 반하는 사람들의 견해를 가차 없이 적으로 몰아 마녀사냥하듯 몰아세우는 인터넷 세상. 진보적인 성향의 사람들이나 집단을 친북좌파로 몰아세우는가 하면, 보수적인 성향의 사람들을 수구꼴통이라고 폄하하는 양분된 사회.

소위 조·중·동과 한겨레·경향의 논조의 극과 극을 대할라치면 한 가지 사실이 어떻게 서로 다른 두 개의 진리로 포장될 수 있는지 놀라움을 금할 수가 없다. 견해의 다름을 인정하지 않고, 다양성을 부정하는 현실은 참으로 무섭기만 하다. 의심이 의심을 낳고, 의심은 삽시간에 불신으로 번져 상대방을 적으로 만들어버린다. 그 가상의 적을 제압해야만 자신이 살아남기라도 하는 듯이 말이다.

거슬러 올라가 보면, 해방 공간과 한국전쟁의 와중에서 좌, 우 편 가르기로 또 얼마나 무고한 희생을 강요받았던가? 끔찍한 역사의 악몽이다. 그것이 그저 한 시대의 문제가 아니었다는 것을 역사는 혹은 현실을 얼마나 거듭 뇌고 있는가?

해방 공간을 더 거슬러 올라가 일제강점기를 시대적 배경으로, 만주를 소설의 공간적 배경으로 삼는다. 때는 1930년대 초, 듣기에도 생소한 '민생단 사건'을 소재로 하고 있다. 민생단 사건을 소재로 하고 있되, 그 사건을 그저 기록한 것도 아니고, 연구 논문을 쓴 것도 아니다. 작가는 그 사건을 바탕으로 하여, 어떻게 한 개인의 소박한 사랑과 꿈이 외적 현실에 의해 상처를 입게 되는지, 급기야는 인간성과 삶의 파멸로 이어지는지를 그려내고 있다.

사랑만으로 고민할 수 있는 세상이라면, 그것만으로도 얼마나 축복받은 현실 속에 살아가고 있다고 말할 수 있을까? 적어도 이 소설의 전반부만 대하면, 이 명제는 성립될 수 있을 법도 했다. 전반부에서 해연이 그녀가 죽은 나뭇가지에 더불어 세상과 절연했다면 순애(殉愛)가 될 것이기에.

하지만, 그들의 사랑이 일그러진 것은 그들의 의지나 선택과는 무관한 시대와 이념의 횡포 때문이었다. 평온한 시대였다면 전혀 문제 될 것이 없었던 사랑이었지만, 불모의 시대 현실은 그들의 의지와는 다른 고통스러운 선택을 강요했다.

조선인 측량기사 김해연은 만철의 간도 지부에서 일하다가 혁명 조직의 일원인 이정희(안나 리)와 사랑에 빠진다. 막연히 사랑이란 무지개를 그려오던 그에게 신여성인 그녀는 김해연의 소시민적 삶을 송두리째 바꿔 놓는다. 물론, 공산당이란 것을 김해연이 알 리 없었다. 그녀는 김해연을 통해 평소 그와 친분이 있던 일본인 장교 나카지마 타츠키와 알게 되고, 그를 통해 일본군 토벌대의 정보를 수집하다가 발각이 된다. 그녀는 해연에게 마지막 편지를 남기고 목숨을 끊고, 이에 절망한 해연 또한 자살을 기도한다.

여기까지가 전반부라고 한다면 다분히 서정적이고 낭만적인 사랑 얘기 같다. 그것도 만주 땅에서 당대로선 지식인 엘리트라고 할 수 있는 선남선녀의 만남과 사랑과 헤어짐. 순애보다.

반면, 꺼져가는 절망의 아득한 심연에서 소생한 해연의 후반부 삶은 서사적이라 할만하다. 민족에 대한 인식과 투쟁, 그리고 참혹한 현실, 몸부림치는 역사의 소용돌이 한가운데 해연을 부려놓는다. 사랑타령으로만 일관하는 소설이 아니란 얘기다.

노선이 다르다는 이유, 미심쩍다는 이유로 서로가 서로를 불신하며 죽음으로 몰아넣기도 한다. 그런 정황 속에서도 혁명가인 박도만은 변증법적인 가치관을 피력하며 의연히 신념을 위해 자신을 희생하고자 한다.

박도만은 간첩으로 오해받거나 일본군과 싸우다가 죽는지 따위는 중요하게 생각지 않았다. 그가 중요하게 생각하는 것은 어떤 경우에도 인간은 성장하며, 인도주의는 죽음을 바쳐서라도 지키고 싶은 진리라는 것이다. 그리고 세계의 변화를 이끌어낼 수 있다면 기꺼이 자신을 희생할 수 있다는 신념을 가진 사람이다.

어떻게 죽든 진리를 위해 싸우다 죽는다면, 설사 잔혹함마저도 꿋꿋이 받아들이겠다는 박도만은 이상주의자임이 틀림없다. 이상을 위해 기꺼이 죽음을 선택하는 그들의 의연함에도 몇 글자 찬사를 보탤 수 있으리라. 하지만, 동족의 손에 그것도 같은 이상을 실현하기 위해 죽음을 무릅쓰는 동지의 손에 의해, 평범한 개인들이 잔혹한 죽음을 맞이했던 장면들이 우리 역사의 한 부분이었다고 말할 수 있다면, 더구나 그런 정황들이 모습만 달리할 뿐, 또 다른 역사의 장면을 통해 거듭거듭 되풀이되곤 하는 망령이라고 한다면……. 아, 쓰라릴진대 그 진리여! 그는 과연 무엇을 위해 봉사하는 장님이란 말인가?

신문 기사에서 박완서 작가가 이 책을 추천한 글을 읽은 적이 있었다. 뭐랬더라? 김연수라는 작가를 질투하며 한편 존경하며 이 소설을 읽었다고 했던가?

소름 끼치는 상상력에 인간에 대한 사랑을 실었다는 점은 자신의 능력으로 형상화할 수 없는 부분이라 했었나? 맞는 말이다.

친절한 완서 씨가 이런 소재로 소설을 썼으면 설명하려 하였을 것이다. 정말 섬세하고 꼼꼼하게 빈틈없이 쓴 듯한 박완서의 소설을 읽으면서도 못내 무언가 아쉬운 점이 있다면 바로 이 지점이다. 사랑마저도 등장인물(주로 서술자)의 심리로 묘사하려 든다. 그러나 사랑은 '보고 싶어 죽을 지경이다.'라느니 '너무너무 사랑한다.'라는 말로 모두 형상화될 수 있는 것이 아니다.

> 사랑이든 증오든 오직 행동으로 실현될 때만 존재할 수 있는 거야. …
> (중략)… 그 잘난 혀가 아니라 너의 신체로 보여 달란 말이야.
>
> - 김연수, 『밤은 노래한다』, 문학과지성사, 89쪽

나까지마는 사랑도 그렇고 증오도 오직 행동의 실현으로만 존재가 있다고 말한다. 말로 하는 사랑은 소용이 없다는 것이다. 증오든 사랑이든 몸으로 하는 사랑 말이다. 혀로만 내뱉는 달콤한 사랑을 저주하듯 퍼붓는다. 그렇지 않은가? 내가 당신을 얼마나 마음으로 사랑했는지 모른다고 하는 말은 때로 얼마나 달콤한 환상을 갖게 하는가. 그러나 그 달콤한 말의 실현을 보지 못한 경우에 갖게 되는 허망감 같은 것을, 잘난 혀가 아닌 너의 신체로 실천해 보여달라고 강변한 것이다.

사랑한다면 실천해 보여야 한다. 사랑한다고 속삭이는 말만으로는 무언가 부족하다. 나까지마가 우유부단한 해연을 질책하는 말이기도 하지만, 소설 형상화의 방법으로 유추해 볼 수 있는 말이기도 하다. 사건을 통해 '보여주는' 것이다. 사건을 설명하는 것이 아니란 말이다.

그런 점에서 김연수 소설의 탁월함이 돋보인다. 자칫 얼마나 딱딱한 소재가 되기 십상이고, 다큐멘터리거나 역사 기록물 같은 글이 될 위험이 많은 소재던가?

> 사랑이라는 게 우리가 함께 봄의 언덕에 나란히 앉아 있을 수 있는 것이라면, 죽음이라는 건 이제 더 이상 그렇게 할 수 없다는 뜻이겠네요.
>
> – 김연수, 『밤은 노래한다』, 문학과지성사, 325쪽

해연이 사랑했던 여인이 남긴 편지의 마지막 구절. 참혹한 시절

은, 무심한 인간사는 사랑마저도 쉬이 허락하지 않는다. 사랑만으로 고민할 수 있는 시대는 그래서 어쩌면 얼마나 축복일 수 있냐고 말한 것이다.

그때 그 풍경이 더욱 아름다웠던 것은, 사랑하는 사람과 함께했기 때문이다. 꽃여울 지는 언덕이 더욱 황홀하고, 눈발 흩날리는 차가운 겨울 산마저도 아름다워 미칠 지경이 될 수 있는 까닭은, 사랑이라는 비이성적이며 때로 비논리적인 마법 탓이다.

나까지마의 말이 따갑게 귓전을 파고든다. 사랑한다면 머릿속으로나 너의 그 잘난 혀가 아니라 신체로 보여 달라는……. 김연수는 그 질곡의 역사 속에, 때론 교묘하게 때론 담담하게 그리고 아프고 슬프게 인간의 인간에 대한 사랑을 채색해 내고 있다. 탁월한 소설이다.

김연수 '밤은 노래한다'

김영하, 『검은 꽃』

그들이 잠든 사연

제일 게으름을 피우던 배롱나무 가지가 긴 겨울잠에서 깨어났습니다. 한바탕 봄꽃들이 법석을 떨고 난 다음에 무슨 일이 있기나 했느냐는 듯이 느릿느릿 잎을 내보이는 저 천연덕스러운 늑장이라니.

비 내린 뒤, 풀빛은 더욱 짙어지고, 녹음은 점점 우거져만 갑니다. 저 짙어지는 풀빛 우거지는 녹음 따라 대책 없이 깊어가는 마음은 또 얼마나 철없음이기도 할까요. 어제 요가원 가는 길에, 목련나무 무성해진 이파리를 보며 새삼 눈으로 붙잡을 수라도 있을 법한 시간의 흐름에 가슴이 아릿해 왔습니다.

바깥으론 온통 싱그러운 생명의 기운들이 퍼져 있는데, 교실 안에서는 감기가 우리 아이들을 종내 괴롭혔답니다. 시험에 지친 아이들의 피로를 틈타, 찾아든 감기란 놈이 야속하기만 했지만, 그저 안타까이 바라보는 수밖에는 도리가 없었지요. 감기로 기숙사에 누워 있는 아이를 찾아가 보기도 했습니다. 아직은 부모님이 챙겨주시는 따뜻한 밥을 먹고 사랑 가득한 보살핌을 받아야 할 앳된 얼굴들인데…… 초췌한 녀석의 모습을 바라보니 맘이 참 무겁기만 하였습니다.

엊그제 읽기를 마친 책은 김영하의 『검은 꽃』이란 소설입니다. '검은 꽃'의 상징성이 단박에 소설의 어둠을 헤아리게 하지요. 때는 1905년. 몰락해가는 왕실의 친척, 강제 해체된 군인들, 부모 잃은 고아, 소매치기, 무당, 신부, 통역관 등 당대 현실에서 도무지 한 줄기 희망의 빛이라곤 찾아볼 길 없는 삶들이 선택한 삶의 막장이 바로 멕시코 이민이었습니다.

유카탄 에네켄 농장 이민 브로커 존 마이어스와 일본 대륙식민합자회사가 조선인을 받아들이게 된 것은 두말할 것도 없이, 그 어느 인종보다 노동력 착취가 쉬웠기 때문이었습니다. 에네켄은 선인장류라고 보면 되는데 거기서 뽑아내는 실은 그 어느 것보다도 강하고 질기기 때문에 그 무렵 폭발적인 수요를 보이던 선박의 로프 재료로 거침없이 팔려나가던 그야말로 잘나가던 시절이었지요. 제국주의 국가들의 수탈도 그렇고, 그들을 향해 무역을 해서, 돈을 버는 다국적 무역회사도 마찬가지였던 시대.

1,000여 명의 조선인들은 지옥을 연상케 하는 영국 상선인 화물선에서 태평양을 건너게 됩니다. 그곳에 낙원이라도 있었을까요? 그들은 낙원은 아니더래도 최소한 당대 조선의 현실보다는 못할 게 없을 거라며 불안한 미래를 막연한 기대로 달래며 멕시코 땅을 밟습니다. 하지만 거기서 기다리고 있는 것은 더욱 가혹한 착취였습니다. 외교 관계도 없는, 급기야는 보호해 줄 나라도 없는 그들을 멕시코 에네켄 농장주들은 노예처럼 착취하게 됩니다.

100년 전의 일을 어찌 알겠습니까. 하지만, 이 소설은 100년 전의 상황조차도 너무 선연하게 그려내어서 마치 한 편의 기록영화를 보는 느낌까지 갖게 해 주었습니다. 상상이라는 장치만으로 묘사한 것이 아니라, 그 상상의 퍼즐을 맞추기 위해 발로 뛰어서 쓴 듯한 세부 묘사와 서사가 곳곳에서 감지됩니다.

역사는 끊임없는 현재의 재현입니다. 허구를 통한 재구성이지만, 잘 쓰인 역사소설은 그저 과거를 장식적으로, 흥미로만 치장한 것이 아니라 끊임없이 현재의 상황을 간섭하게 됩니다.

그렇다면, 그 참담했던 시간을 딛고 일어서 있는 우리의 현재 삶은 어떠한가를 되돌아보게 만든다는 것이지요.

현실이 어렵다고, 팍팍하다고 말하는, 피로에 절어 졸음에 겨워하는 아이들이 이런 책을 읽고 궁핍하고 가련한 시대에 태어났다는 이유 하나만으로, 자신의 의지와 무관하게 고통을 겪어야 했던 시절들의 어려움을 비추어보고, 현재화, 내재화하면 좋겠단 생각을 해보았습니다.

이런 생각을 하면서 또 혼자 피식 웃습니다. 아이들이 제일 듣기 싫어하는 말, 아니 정작 우리도 예전에 어른들로부터 가장 듣기 싫어했던 말이 이런 유의 것이었으니까요. 옛날에는 어떠했는데. 우리가 어릴 땐 말이야. 아무개는 공부를 얼마나 잘하는데. 이런 식.

하지만, 다시 단순하게 생각을 정리해 봅니다. 역사는 단순히 관 속에 잠들어 있는 시체를 살려내서 현재를 살아가게 하자는 데 있는 것이 아니라는 것입니다.

그들이 그렇게 살다 잠든 사연을 되짚어 보고, 깨어 있는 우리 현재의 삶이 어떠해야 하는가를 다시 생각해보자는 것이니까요.

김영하, 『퀴즈쇼』

인터넷 세대의 성장통

  김영하의 지적대로 온라인은 무슨 불온한 것들을 담뿍 내장한 불순물처럼 손가락질당해왔다. 인터넷 채팅은 부정의 소굴처럼 인식되었고, '나는 그런 거 하고는 거리가 멀어'라고 짐짓 신문명에 뒤떨어져 있는 자신을 무슨 순수의 화신이라도 되는 양 치장해서 변호하는 사람들 또한 있었으니.

  하루 종일, 휴대폰을 손에 끼고 살아가는 십 대 이십 대를 정말이지 이해하지 못하겠다는 뜨악한 표정으로 바라보던 것이 불과 엊그제의 일 같았는데, 출근길 어쩌다 휴대폰을 집에 두고 오기라도 하는 날이면 하루 종일 허전한 부재 의식이며, 종내에는 불안에 젖어 드는 자신을 바라보는 것이 어느덧 나의 현실이 되고 말았다.

  '벽 속의 요정'인 서지원이 일인칭 화자인 민수를 첨 만나는 날 휴대폰 전원을 끄자고 말한다.

  "자, 이제 우리는 존재하지 않는 거야."

  - 김영하, 『퀴즈쇼, 문학동네, 196쪽』

독서 산책

맞는 얘기다. 어느 순간 휴대폰은 우리의 족쇄이면서 또한 세상과 타자를 향해 이어진 연결 고리인 것이다. 휴대폰 전원을 끄는 순간, 세상이란 네트워크에서 지워진 존재처럼 생각되는 것 말이다.

기존의 관습과 생각들은 이러한 네트워크에 대해 곱지 않은 시선을 두고 있다. 모든 부정적인 혐의들. 일테면, 검사의 기소는 대개 이런 것들이다. 말초적인 탐닉, 정제되지 않은 사고의 선동성, 익명성의 횡포, 참을 수 없는 가벼움들.

그러나, 그들에게 확인되지 않은 혐의를 미리 유포하고, 부정의 주홍글씨만 등짝에 새겨 주었을 뿐, 그로 말미암아 얻게 된 설렘과 사랑과 청춘의 환희 같은 순기능에 등을 두드려주는 것에는 참으로 인색한 것이, 참으로 알 수 없는 시대의 이중 잣대였다.

인터넷의 불온성을 비판하는 사람들조차도 책 한 권 읽지 않으며 한 달 일 년을 버틸 수 있어도, 당장 인터넷이 연결되지 않으면, 하루도 견딜 수 없어 한다. 아우성이다.

작품 속에도 나오는 부류의 우스개 얘기지만, 로미오와 줄리엣이 문자를 주고받을 수 있었다면? 물론, 비극이 아니라 해피엔딩으로 끝나, 위대한 문학 작품으로 남게 되진 않았겠지?

김영하의 장편소설을 거의 다 본 셈이다. 『검은 꽃』을 필두로, 『빛의 제국』에 이은 세 번째 장편 『퀴즈쇼』.

요즘 몇몇 우리 소설들의 물렁한 플롯과 허름한 서사가 한국 소설 서가에 꽂히는 눈길을 외면하도록 하였던 바, 김영하는 단연 돋

보이는 구원 투수다. 특히, 이번 소설이 압권이다.

이십 대를 위한 소설이라지만, 도스 통신에서부터 인터넷의 초창기를 두루 겪어 온 세대엔 내게도 먹혀드는(?) 것을 보면, 이 소설은 그러한 시대를 관통해 온 세대들의 성장소설이라 해도 좋을 법한 것이다.

영화 〈매트릭스〉의 한 코드 방식을 옮겨 놓은 듯한, 마치 K1 격투기장 같은 '퀴즈쇼'의 세계는 자본과 미디어로 움직이는 거대한 세상의 은어(隱語)쯤이라고 읽으면 될까? 그 속에서 펼쳐지는 숨 막힌 생존의 몸부림들은 한편으로, 능력 있는 청년들을 고시원 쪽방의 백수로 대한민국의 현주소를 보여주고 있는 것으로 독해하고.

순수한 사랑? 배경이나, 외재적인 것들에 휘둘려서 내가 가진 재화에 합당한 상대를 고르는 자본의 논리는 차라리 네트워크 바깥, 세상의 거래에 가까운 것이다.

상대가 어떤 학력인지, 어떤 외모인지도 심지어 잘 나가는 강남 어디에 몇 채 집을 가진 사람인지도 모른 채, 채팅방에서 낯선 이와 설렘과 미묘한 긴장을 나누며 사랑을 키워본 적이 있는가? 네트워크를 통한 것이라는 이유만으로 일방적으로 폄하 당하고, 나아가 불순하고 부정한 것으로 취급당한 적은 없는가?

일방적 변호는 물론 아니다. 작중 화자의 근원을 분명히 알 수 없는 - 고아에다가 집도 없고 재산도 없는 주인공이지만, 건강한 신체에 지적 능력(대학원)까지 갖추고 있으니 제 한 몸 추스르지 못한다는 것은 자기변명에 불과할 터 - 무기력에 가까운 일련의 행위

독서 산책

들을 '순수'라는 이름으로 변호하려는 생각은 없다. 시대의 절망을 뫼르쏘처럼 그렇게 다소 어이없이 그리려 했던 것이 아니었을까.

여하튼, 작중 인물 민수는 영악스럽지 않다. 굳이 변호를 하자면, 영악스럽지 않고 모질지 못하니 자본의 음흉한 속성들에게 여지없이 무력한 유체 이탈의 체험으로 자신을 들여다볼 수밖에 없는 것이다.

'퀴즈쇼'에서 탈출해 나오긴 하지만, 내가 상대를 이기지 않으면 내가 물러나야 하는, 급기야 조직의 균열과 해체마저 가져오게 하는 무시무시한 회사(글자를 뒤집으면 사회)에서는 한마디로 약육강식의 정글의 법칙만이 존재한다. 그 속에서 무력한 개인의 정체성은 도대체 무엇이고, 어떻게 살아가야 할 것인가. 그런 야만적인 정글의 법칙에서 어떻게 사람과 사람이 이어져서 살아남을 수 있을 것인가?

오히려 작가는 네트워크에 혐의를 두는 것이 아니라, 그 희망을 네트워크에서 찾고 있는 것은 아닐까? 빠른 전개와 넘치는 기지로, 그리고 인터넷 세대 특유의 현란한 감각과 섬세하고 떨림 있는 사랑의 터치로 이러한 시대를 살아가고 있는 젊은이들의 자화상을, 인터넷 세대의 성장통 같은 모습을 그려 보이면서 말이다.

이승우, 「생의 이면」

우리 삶의 이면에는
무엇이 도사리고 있을까요?

1992년에 첫 출간을 하고 1996년에 개정판을 냈는데도, 딴에는 소설깨나 읽는다는 내게는 비껴간 작품이었습니다. 소설 속 주인공의 성장 과정에서의 책 읽기도 그러했지요. 무엇을 어떻게 가려서 읽는 것이 아니라, 거기에 책이 있으니까 읽어버리는, 무작정 닥치는 대로의 독서.

그러면, 내게 소위 그 '닥치는 대로'의 독서는 제대로 있기나 했던 것일까? 내게서 '닥치는 대로'의 독서란 책 읽기에 함몰된 자아를 말하는 것이 아니라, '두서없이 읽는 책' 정도의 의미에 지나지 않았습니다. 기껏 그런 것이 있었다면, 군대를 다녀오고 나름으로 세상을 보는 눈이 달라졌다고 생각하며 복학한 대학 3학년 시절과 취업 걱정으로 여기저기를 기웃거리던 4학년 2학기 무렵까지 정도였다고나 할까요. 탐욕스럽고 게걸스럽게 그야말로 미친 듯이 책을 읽는 사람들을 보기가 참 어려운 시대에 살고 있는 아쉬움을 에둘러 말하는 셈입니다.

책 읽고 난 뒤 학생들에게 독후감 쓰란 얘긴 많이 했지만, 이승우의 '생의 이면'이란 책 얘길 적어보려 하니 막막합니다. 책 읽기가 읽는 순간의 행위로 끝나는 것이 아니라, 지속적 긴장과 의미로 반추되는 비결은 그저 읽기만 하고 덮어버리는 것이 아니라, 느낌과 생각을 추려서 기록해 보는 데에 있습니다. 그러나, 거기에는 함수가 있답니다. 정리하고 기록하는 번거로움을 뛰어넘어야 하기에 자기 자신을 채찍질하듯 독려하는 힘이 필요하다는 것 말입니다.

이 소설의 화자는 '작가'이고, 박부길이라는 작가의 이야기를 추적하여 그의 작품과 관련지어 글을 써보라는 청탁을 받게 되는 좀 독특한 구성을 취하고 있습니다. 그러니까 바깥 이야기에 박부길의 이야기가 안에 들어 있는 액자 소설의 형식을 취하고 있는 구조이지요. 액자 속 박부길은 타고난 천재성, 그러나 현실과 조화를 맺지 못한 아버지의 운명적 유폐와 폐쇄의 금기 속으로 한 발짝 한 발짝 발걸음을 옮겨 놓게 됩니다. 뒤란 감나무는 외재적 삶의 금단 영역이었지만 그 이면의 금단은 이상과 현실의 부조화가 빚은 생의 비극적 영역이었습니다.

아버지의 감금과 죽음을 초래했던 세상과의 부조화 속으로 그역시 금단의 여행을 떠나게 됩니다. 그것은 폐쇄와 유폐를 편안함과 자유로 만끽하려는 그의 내면 의식으로 이어집니다.

고등학교 시절, 음습하고 어두웠던 그의 자취방을 의식 속에서 기억해 내면서 그녀(종단)가 끼어들기 전까지의 그곳을 성전으로 떠올리지요.

어둠 속에서 어둠의 입자들에 둘러싸여 어둠의 일부가 되어 지내는 삶을 신비로운 합일의 체험으로 인식하는 그에게 세상은 그저 외재적 존재일 뿐이었습니다.

이러한 그에게 세상의 빛을 향하게 하는 창구가 열립니다. 연상의 그녀 종단이었습니다. 어둠에서 안식을 얻는다는 것은 언제나 세상에서 소외되고 유폐된 자아들의 가학적 자기 인식일 따름입니다. 기실, 어둠의 농도가 짙으면 짙을수록 입자가 촘촘하면 촘촘할수록 더욱 그 어둠에서 벗어나고자 하는 갈망은 거세고 때로는 거칠어져선 광포함으로까지 이어지는 것입니다.

이것이 그의 삶에 대한 지향으로 이어지는, 세상을 향하는 돌파구였습니다. 일단 외형적인 모습은 그녀에 대한 사랑이었고, 때로는 신에 대한 간구이기도 하였지요.

그러나, 그녀에 대한 사랑은, 살아가는데 필요한 기술이 있는 것과 마찬가지로 - 사랑에도 기술이 있다는 프롬의 말을 원용할 필요도 없이 - 배우지 않은 사랑으로 말미암아, 그 사랑이 흉기가 되어 서로를 상하게 만들고야 맙니다.

어차피 신에 대한 간구는 그녀의 사랑을 이루기 위한 맹세의 서언쯤에 해당되는 것이었으니, 사랑이 파국으로 이르는 지점에서 동반 파탄이 이뤄지는 것은 당연한 귀결이 되겠지요.

그는 속에 유폐되어 길을 찾지 못한 말들을 내뱉고 싶었던 것이었습니다. 때로 그것은 그녀를 통해서, 혹은 기도를 통해서 발산되기도 하였던 것이었지요. 그러나, 이제 그녀에게 혹은 기도를 통해 드러낼 수 없는 생각들을 글쓰기로 대체하기 시작합니다.

어느 날부터인가 박부길은 어둠이 뿜어내는 빛 아래 웅크리고 앉아 충동적으로 글을 쓰기 시작했다. …(중략)… 그런데 가슴을 답답하게 가로막고 있는 그 무겁고 큰 덩어리를 어떻게든 떨어내고자 하는 욕망 때문인지 그의 글은 속도가 몹시 빨랐다.

- 이승우 『생의 이면』, 문이당, 293쪽

　저마다 책을 읽고 받아들이는 것이 다를 수 있겠지요. 또한, 그래야 하고요. 책 한 권이 모든 독자에게 이구동성의 의미로 읽힌다면 단언컨대 제 기준으로 그 작품은 좋은 글이 아닙니다.

　하지만, 인간인 독자들에게 공감의 끈으로 얽혀지는 얼개가 있는데, 그것이 바로 보편적 정서가 아닐까 합니다. 때로, 문학 시간에 엉터리로 시를 해석하고 소설을 감상하고 난도질하는 어리석음을 거듭하지만 그것이 꼭 수능 시험 점수를 위한 도해의 단순성이라고만 생각하진 않습니다. 어떤 식으로든지 인간 정서에서 공통분모 내지는 공감의 한 축을 발견해 보자는 것이지요. 방법이 거칠고 서투르지만, 그런 식으로 모방의 방식을 취하면서까지라도 한번 접근해 보는 것은 필요한 시도라고 생각합니다.

　응당, 당연한 귀결이지만 주인공 박부길의 마지막 행보는 '왜 쓰느냐?' 하는 문학의 원초적 물음에 대한 답에 해당되는 것입니다. 그러면 무엇 때문에 사랑하느냐, 왜 신을 믿느냐 하는 물음들도 그에 등가가 되는 것이겠지요.

베르나르 올리비에, 「나는 걷는다」

나는 걷는다. 고로 존재한다.

베르나르 올리비에.

다른 사람들처럼 'TV와 소파'가 주는 안락한 여가 대신 정년퇴직 후에 그가 선택한 것은 걷는 것이었습니다. 그것도 예순한 살의 나이에 터키 이스탄불에서 중국의 시안까지 실크로드 12,000킬로미터를.

끝없이 걷고 또 걸으면서 경험하고 느끼고 생각한 것 또한 대장정이었지요. 그것을 기록한 세 권의 책 역시 1,200여 쪽에 이르는 방대한 분량으로 3권으로 이뤄져 있습니다.

구월 초순에 처음 만난 이 책과의 여정도 '천천히 그리고 느릿하게 읽기'였습니다. 첫 1권은 흥미로움으로, 그러나 2권에서는 약간의 상투성이 느껴지는 지루함으로. 거개의 책들이 처음에 유지하던 긴장이 풀어져선 매너리즘에 빠져버리는 경우와 같은 것은 아닐까 하고 고개를 갸웃거렸습니다. 하지만, 이 책은 책상머리에 앉아서 그저 생각만으로 지어내는 글이 아닌 까닭에 그 진실함에 시간이 갈수록 매료되는 자신을 느낄 수 있었습니다. 마치 오래된 포도주를 음미하듯 천천히 마실 때와 같은……

터키와 이란을 거쳐 투르크메니스탄, 우즈베키스탄, 키르기스스탄의 서아시아, 중앙아시아를 거칠 땐, 그곳 사람들의 환대와 소통에서 육체적 고통은 이겨낼 수 있는 오히려 가벼운 것이었나 봅니다. 견딜 만한 고통, 소통의 즐거움이 그것을 상쇄시켜 주니까요. 그저, 약간의 불편한 제도와 관습에 투정 부리듯 푸념하는 정도였으니까 말입니다.

그러나 3권째 중국을 넘어서면서는 많은 것이 달라집니다. 우선은 소통의 단절에서 오는 고독과 낯선 세계(중앙아시아는 그래도 서구 문화와 인접해 있었다 볼 수 있는데)와 부딪히는 데 겪는 외로움에 진저리를 치는 것이었지요. 물론 거기에다 더한 것은 척박한 자연환경이 주는 고난 같은 것이었습니다.

그런 고독과 불편함들이 진정 자신의 내면을 들여다보게 하는 거울로 작용하는 것은 아니었을까요? 고독보다 더 무겁고 힘든 것은 없는 것이지만, 어쩌면 역설적으로 고독보다 더 인간 내면을 명료하게 비춰볼 수 있는 거울은 없는 것인지도 모릅니다.

모래 먼지가 몸을 덮고 콧속까지 잠입해 드는 거친 모래바람을 견뎌야 하는 불편함이 진저리치듯 무거워지면 그 여행은 마땅히 거기에서 접어야만 합니다. 물집과 여기저기 툭툭 터지는 입술의 건조함과 찢어질 듯한 근육의 비명이 영혼을 갉아먹고 육신을 더 이상 버틸 수 없도록까지 학대한다면, 여행을 지속할 이유가 없는 게 마땅하니까요.

그러나 그는 죽음을 두려워하지만, 죽음이 두려워 여행을 포기하려 하지 않습니다. 죽음과도 장렬히 맞설 각오가 되어 있는 사람이란 얘깁니다.

> 죽음이라? 그렇다. 모든 사람들이 거쳐야 하는 죽음의 통로를 나라고
> 해서 벗어날 이유가 있겠는가…… 하지만 마지막 순간이 오기 전, 나
> 는 다시 튀어오르고 싶다.
>
> - 베르나르 올리비에, 『나는 걷는다 3』, 효형출판, 171쪽

불편함과 괴로움과 고독은 어쩌면 행복을 위해 치러야 할 응당 대가이기도 한 셈이니, 이렇게 보면 삶은 참 아이러니합니다. 역설적이라고 해야 옳겠네요.

행복해지기 위해 불행을 자초합니다. 끓어오르는 대지의 열기와 사막의 모래바람 속에 쩔룩거리는 육신을 내몰고도 종국에는 희열을 느끼곤 합니다.

인간의 육신은 비록 유한하지만, 목표를 가지고 거기에 이르고자 하는 의지와 노력을 치열하게 쏟아붓는다면 무한의 문을 열 수도 있다는 그의 말에 고개를 끄덕이게 됩니다.

그리고 세 권의 책을 덮으면서, 바람이야말로 그가 찾고 있던 바로 그 모습이었다는 말을 다시 한번 떠올려 봅니다.

공허와 침묵의 친구들. 우리는 왜 가고 있는지 알지 못하지만, 공간을 계속 휩쓸고 다녀야 한다는 것을. 어디론가 돌아다니든 한곳에 정착하든 삶은 계속되고, 역시 가야만 하는 것이란 것을……

한강, 『노랑무늬 영원』

빛으로 빚은 생의 은유

　맑은 가을날. 조금 비낀 오후 무렵의 '노오란' 빛 물결 진 들녘에서 본 적 있는지요. 그 알맞은 빛의 탄성과 넘치지 않는 눈부심이 빚어내는 음률, 그 빛 알갱이, 그 빛의 무늬에 영혼을 얹어본 적 있었나요? 혹은, 가을 잎 빚어진 깊은 산 계곡과 산줄기 사이, 나뭇가지 사이 한 줄기 빛살이 무늬를 놓을 무렵 훅, 혼자 숨을 쉬던 순간……. 너무 아름다워 글썽이는 눈물이 낮은 떨림으로부터 솟아올라 거듭 공명을 일으키던 가을.

　한강의 『노랑무늬 영원』이란 소설은 빛으로 빚은 생의 은유입니다. 누가 말했던가요? 단편소설은 아주 인상적인 한 장면의 사진과 같다고. 때로 버려질 수도, 구겨질 수도, 먼지를 뒤집어쓴 채 서가 한 귀퉁이에 잠들어 있을 수도 있는 사진 한 장. 그러나 그 한 장은 때로, 여러 해를 무탈하게 지내온 숱한 시간들의 연속보다 더 강렬하게 삶을 지배할 수도 있습니다.

　'서사'로도, 감각적 인상으로도 존재를 증명해 보이지 못하는 지리멸렬한 장편을 읽는 것보다 훨씬 강렬한, 삶의 각성된 한 지점을 떠올리게 하는 단편소설은 장편소설의, 길이 자체만으로도 줄 수 있는 미덕마저도 무색하게 합니다.

이 소설을 굳이 분량으로 가늠하자면 중편소설쯤 될 겁니다. 그러나 그 팽팽한 구성과 간결한 문체는 단편소설이 지닌 긴장감조차 뛰어넘습니다.

서술자는 조건이 달라지면 상황이 달라진다고 말합니다. 반대로 생각했었습니다. 상황이 달라지면 그에 예속된 사람들의 삶의 조건도, 형편도 달라지는 것이라고. 서른세 살의 '나'는, 2년 전 이른 봄날 일요일 새벽의 그 교통사고가 있기 전까지 활기차고 충일한 내면을 가진 화가였습니다. 아침마다 아파트 옆의 운동장을 여덟 바퀴씩 달렸고, 요리를 하고, 9시간씩 작업을 해도 지치지 않는 체력의 소유자.

그러나 그 단 한 번의 교통사고는 모든 것을 바꿔 놓고 말았습니다. 집안의 소소한 일까지 감당해야 하는 남편의 지친 인내와 짜증, 자제된 적개심과 마주해야 했으니까요. 무엇보다도 화가인 '나'에게 치명적인, 나의 전부라고 믿었던 '손'을 제대로 쓸 수 없는 현실에서 맞게 되는 아득한 벼랑.

나는 이상한 강을 건넌 것입니다. 그 강을 건너고서, 나는 예전의 내가 아니었으며, 예전에 사랑했던 사람들은 더 이상 사랑할 수도 없는 '거리'를 가지게 된 것이랍니다. 내가 그들을, 그들이 나를 대하는 조건이 달라졌고 따라서 모든 상황이 달라진 것입니다. 부부 사이의 사이좋음도 기실 그 이전 내가 건강하다는 조건을 전제

한 것이었으므로, 조건이 달라진 현재에 상황이 바뀐 남편의 현재를 이해하게 됩니다.

절망적인 현실을 차갑게 인식하고 있는 나에게 어느 날 '소진'이란 대학 동창으로부터 한 통의 전화가 걸려옵니다. 자기 집 근처 사진관에서 나의 사진을 봤다는 것입니다.

이 소설을 '빛으로 빚은 생의 은유'라고, 나름 의미를 새겨 보았는데, 소설에선 3개의 빛이 오버랩됩니다.

첫째는 작은아버지를 따라 처음 고깃배를 탔던 열세 살 무렵 바다 가운데서 보았던 눈부신 잔멸치떼의 빛.

두 번째는 재일교포 1세대 화가 Q의 도록에서 유채꽃 빛깔의 노랑과 강렬한 주황빛.

세 번째는 10년여의 시간 속에 묻혀 있던 한 남자와의 추억이 담긴 사진 속 나무와 하늘, 빛을 받은 잎사귀에서 빛을 보는 장면입니다.

제목 '노랑무늬 영원'은 소진의 아들이 애완용으로 키우는 도마뱀입니다. 불도마뱀. '영원'이란 도롱뇽과에 딸린 속명이라지만, 동음이의어의 그 단어는 그저 도롱뇽이란 동물로만 머물게 하지 않지요. 장롱 서랍에 치여 앞발이 뭉텅 잘린 자국 위로, 투명한 흰 발이 재생되어 나오는 도마뱀의 모습과 속명 '영원'은, 소설 속 인물 '나'의 현재적 상실과 맞물려 미묘한 어떤 울림과 소망을 은유해 내고 있습니다.

그렇다면 빛은 도대체 무슨 의미일까요? 고통스러울 만큼 아름다운 그래서 서럽기도 한 생명과 각성의 눈부신 시간들이 아닐까요? 존재는 무엇으로 증명해 보일 수 없습니다. 빛이 없는 한 우리가 인지할 수 있는 세상은 무연의 어둠일 따름입니다.

혹시, 순간의 빛, 떨림이 결국 영원으로 이르는 키워드는 아닐까요? 잔 멸치 떼의 반짝임, 스물네 살의 잇몸까지 드러낸 채 활짝 웃는 사진 속의 나 백발의 노파인 Q의 도록에 실린 무수한 빛의 동그라미. 모두 순간의 빛, 떨림입니다. 나는 선잠에서 새겨졌던 꿈을 되짚어 봅니다.

> 내 두 손목에서 돋아난 투명하고 작은 새 손, 열두 개의 투명한 손가락들
> 을 나는 똑똑이 보았다. 내 팔뚝에 새겨진 선명한 노랑무늬가 신비해 팔을
> 들어 올렸다. 해를 등진 잎사귀처럼 내 팔뚝이 투명한 레몬 빛이 되었다.
>
>   - 한강, 『노랑무늬영원』, 문학과지성사, 307쪽

때 이른 추위 속에서도, 막바지 가을빛이 눈부십니다. 이 아침 온풍기가 천장에서 웅웅거리는 속에, 지난여름에 찍었던 연꽃 사진들을 들춰봅니다.

그 생명과 빛, 그리고 그 순간들의 떨림을 기억합니다. 콧잔등에 여드름이 빨갛게 익어 있고, 잇몸까지 드러낸 채 활짝 웃던 화자의 스물네 살, 그 빛의 시간처럼 80의 화가 Q가 93세까지 추구했던 승화된 맑은 노랑처럼 나는 하루하루 빛의 지문을 바라보며, 살아가고 있는가? ……거듭 물어봅니다.

최윤, 『회색 눈사람』

좋아하는 것과
사랑하는 것의 차이

이번에도 1인칭 시점이다. 내면적인, 심리의 흐름을 짚어내고 독자를 인물 속으로 동화시키기에 가장 적합한.

소설의 처음은 20년 후의 어느 날, '나' 강하원이 국립도서관에서 자료를 찾다가 뉴욕 하이드파크에서 죽은 한 한인 여인의 기사를 발견하게 되는 것으로 시작된다. 그 여인에겐 무효가 된 강하원이란 이름의 여권이 소지되었다. 경찰이 밝힌 그녀의 사인은 쇠약에 의한 아사(餓死).

'나' 강하원에게 20년 전의 온통 청록색으로 뒤덮인 어두운 구도가 잡힌다. 따뜻한 빛이었으며, 혼란이었고 무엇보다도 아픔이었던 시절.

대학생이던 내게 그때의 일은 거의 맹목적이라고도 할 수 있을 시대의 유행과도 같은 추종이어서도, 역사와 현실에 대한 통찰로 갈무리된, 민주화에 대한 열망이 있어서도 아니었다.

미국으로 돈을 벌러 간 어머니가 얼마간 돈을 보내긴 했지만, 이모 아래서 가난하고 불행하게 자라난 나. 검정고시를 거쳐야 했고 대학생이 되어서도 악착같이 돈을 벌어야만 했다. 그런 나에게 '금서'로 분류되는 책들에 대한 관심은 마치 총기라도 수집하는 듯한 일종의 쾌감 같은 것이었을 뿐이었다.

그런 종류의 헌 책을 수집하고 또 파는 과정에서 '안'을 만난다. '안'은 인쇄소 사장이었으며, 당대의 권력자들이 금지하는, 불온하게 생각하는 책의 편집과 출판을 하는 사람이다. '나'는 한 발 한 발 그들의 '일'을 '우리'의 것으로 들여놓는다. 나의 절망적인 어둑한 현실과 외로움에, '그 일'이 아니라 그 사람 '안'이 따뜻한 불빛이 된 것이다. 서사는 웅변하지 않고, 묘사는 구체화하지 않지만 표현하지 않아도 알게 되는 것이 있다. 아니지, 표현하지 않는 듯 그러나 표현하는 그 흐름에 젖어 든 것이다.

불안은 예고되었다. 검열과 조사가 극에 달했고, 검거 기사와 이적 출판 행위 처단 기사 같은 '복선'이 드문드문 배치되었다. 결국, 기획하던 책과 다른 단체를 위한 인쇄물을 끝내지도 못한 채, 신문을 통해 그들이 연행되었음을 알게 되고, 강하원은 가쁜 숨을 몰아쉬며 인쇄소를 벗어 나와 산동네 자취방 겨울 바다에서, 불안한 두근거림을 경험한다. 그러나 이상한 일이지. 두근거림이라니? 두려움이 아닌 기다림이다. '안'에 대한 그리움이 뒤섞인 기다림 말이다. 그러면서 안이 '오바주머니'에서 꺼내 목에 둘러주었던 목도리를 벗어 추운 날 회색 눈사람의 목에 걸어주게 된다.

그러던 그에게 '김희진'이란 여자가 자취방을 찾아온다. 그렇게나 간절히 기다렸던 '안'의 편지를 소지하고서. 그러나 안의 편지는 지극히 사무적인 것. 내 몸처럼 소중한 사람인 그녀를 도와 달라는 것이다. 여차하면 미국 봉제공장에 일하고 있는 어머니에게 가기 위해 어렵사리 장만한 여권을 그녀에게 빌려줄 수 있느냔 것이다.

이십 여일 나의 자취방에서 몸을 추스른 김희진은 강하원의 도움으로 무사히 출국하고, '안'의 검거는 제법 큰 기사를 통해 알게 된다. 이십 년 후, 안은 유명한 민중예술가, 운동가로 활동을 하고, 나는 지방 노교수의 저술을 돕기 위해 자료 수집차 서울의 도서관으로 올라간다.

처음, 현재의 시간이 20년 전의 과거를 투과해 다시 현재로 돌아온다. 이제 소설의 끝부분에 이르면서, 시골로 가기 위해 역 쪽으로 걷는다. 그러면서 그 시절의 아픔을 생생하게 떠올리며 동네 아이들을 모아 들판에 커다란 눈사람을 만들어 볼까 하고 생각한다.

산동네 아이들이 만든 눈사람은 회색이다. 길바닥에 마구 버려진 연탄재와 쓰레기 오물에 뒤엉킨 눈인 까닭이다. 궁핍, 암울함이기도 한 그 회색, 그러나 그 막막한 추위를 다독이는 따뜻한 목도리. 그럼에도 불구하고 아픔은 늘 생생하고 말마따나 늙을 줄 모르는 부신 하늘빛이다.

쨍한 눈물이 돈다. 누구의 생이라고 더 빛나고 거창하겠는가. 죽어서, 별이 되는 사람은 없다. 그를 알던 이들의 마음에 생채기가 되어 있다가, 더러 잊히고 더러 생각나서 글썽일 따름인 것을…….

며칠 추웠다가, 다시 며칠 따뜻함 이어진다. 돌보지 않던 옥상

위 수련들에게 가서, 월동 채비를 하고 마지막 남은 열대수련도 실내 베란다로 들였다. 온대 수련은 월동을 할 수도, 얼어 죽을 수도 있지만 열대 수련은 돌봄이 없으면 죽어버린다. 겨울…… 외면…… 은 곧, 이들의 죽음을 의미한다. 좋아하는 것과 사랑하는 것의 차이는 무엇일까. 결국, 사랑은 좋은 면만 좋아하는 것으로는 이뤄질 수 없다는 것, 그들의 그늘도 아픔도 함께 껴안아야 한다는 것이지. 새삼스러운 깨달음 아닌가.

오늘은 자글거리는 햇볕이 따뜻하게 온몸을 어루만진다. 그리고, 회색 눈사람들에게 말 건네 본다.

'괜찮다 괜찮아.'

그래도 생은 살만한 것이라고, 견뎌내야 하는 것이라고…….

김영하, 『빛의 제국』

생각한 대로 살지 않으면

교무실에 자주 드나드는 학생이 한 명 있다. 실눈을 가늘게 뜨고 다녀 일견 어수룩해 보이는 인상을 하고 있지만, 책을 자주 많이 읽고 아는 것도 많은 영특한 녀석이다. 내 책상 위에 얹혀 있는 이 책을 본 모양이다.

"선생님, 저 김영하 참 좋아하는데, 이 책 읽고 실망했습니다. 너무 재미없던데요……."

80여 쪽을 보고 있을 즈음이었다.

"어, 그래? 난 읽을 만하던데……?"

책을 읽는 동안 내내 녀석이 왜 이 책에 흥미를 느끼지 못했을까 생각했다. 1980년대라는 서사의 과정을 겪지 못한 경험과 인식의 한계는 아니었을까. 이미 화석이 되었거나 고어가 되어서 도서관 서가 어느 한 귀퉁이에 뽀얀 먼지 속에 잠들어 있다가 문득문득 이제 영화나 책자에서 호출을 받으면 툭툭 먼지를 털고 일어서는 우리의 1980년대 말이다.

분명, 소설 '광장'이거나 '태백산맥'을 경유한 남북 이데올로기의 그 질긴 헛됨을 행간에 담고 있지만, 그렇다고 저편에 금기로 묻어 두었던 이데올로기를 객관적 관점에서 바라보자는 말은 아니다. 오히려 그러한 표면적 장치를 통해 단순 도식으로 해석되는 의미들을 제거해 나가고자 한다. 작가의 그런 의도가 수상쩍다.

주인공은 김기영(본명 김성훈), 평양외국어대 영어과 재학 중 차출되어 대남 공작원 교육을 받은 뒤 스물두 살이던 1984년 서울로 남파된 간첩이다.

당의 명령에 따라 입시를 치르고 1986년 연세대 수학과에 입학한 그는 학생운동권에 잠입한다. 잘 훈련된 엘리트 출신 공작원을 남한 대학의 신입생으로 입학시켜 학생운동세력과 함께 커나가도록 한다는 계획 아래, 김기영은 그 실험 모델이었다. 대학 졸업 후 그는 영화수입업을 하며 남파된 스파이들에게 그럴듯한 전사(前史)를 만들어주는 이른바 '포스트'로 기능한다. 그러다 1995년 자신을 내려보낸 북쪽 담당자가 실각함으로써 잊힌 스파이가 된 그는 결혼을 하고, 자식과 아내를 둔 평범한 소시민으로 살아왔다. 또 앞으로도 그렇게 살아갈 것이라 생각하고 있었다. 그런데 24시간 이내에 귀환하라는 지령이 내려진 것이다.

여기까지가 스토리이다. 이후의 여러 장치들은 표면적 의미망 그 자체만으로 읽히기를 거부한다. 시대를 배경으로 하지만, 그 시대 속에 놓인 개인의 삶의 의미가 따갑게 살을 차고 들어오는 작품이니 읽는 동안 그게 결국 내 삶의 얘기 같다. 낯섦에도 불구하고 동화와 몰입이 잘 되는 이유가 아닐까.

소설의 제목조차도 마그리트의 '빛의 제국'이라는 연작 그림에서 따온 메타포다. 인터넷에서 마그리트의 이 그림을 찾아봤다. 태양이 빛나는 아래 야경이다. 하늘은 청명한데 땅은 어둡다. 가스등이 켜진 거리와 창문에서 램프 불빛이 비쳐 나오지만 엄연한 낮이다. 모순이고, 뒤집기가 아닌가? 유쾌한 농담이라고 어느 평론가는 그의 그림을 말하기도 하였는데, 지나친 추상화에 골몰하는 현대미술에 대한 일갈이기도 하단다. 시간에 끌려다녀서 밤과 낮의 어느 한 명징한 세계만을 고집하는 우리들에게 논리와 현실 너머에 존재하는 무엇을 말하려는 것일까?

김영하는 말한다. '내 소설의 주인공이 사는 세상이 바로 그런 곳이 아닐까. 혼자만 어둠 속인 혹은 혼자만 대낮인, 그런 세상. 그러다 갑자기 어느 하루, 그것마저도 뒤바뀐다.'

그런데 그게 어디 소설 속 주인공에게만 해당되는 것일까? 낮으로 생각했던 삶이 어느 날 문득 뒤엉켜 어둠살 차오르는 밤이거나, 반대로 뒤집어지는 것은 비단 밝고 어두운 양면으로만 독해할 수 없는, 수시로 일어나는, 일어날 수 있는, 우리 삶에 대한 가치의 전복이다. 현대라는 복잡다단한 삶 속에 깃들어 사는 우리들이 깜빡 놓치고 있는 의식과 가치 너머의 어떤 인식 말이다.

작가의 지적대로 뒤바뀜이 문제다. 그런데 그것은 그저 간단히, 이데올로기의 전복에서 비롯되는 것이 아니라는 점이다. 1980년대를 거친 우리 사회가, 아니지 사회는 그대로인데 그를 수용하고 바라보는 가치가 뒤바뀐, 숫제 뒤집어진 것이다.

그의 아내 장마리는 그러한 가치 전복의 단면을 보여준다. 1980년대 임수경을 질투하던 주사파 운동권 출신인 그녀가 폭스바겐을 판매하는 영업사원으로 일하면서 젊음을 잃어가는 자신에 대한 연민을 육체적 탐닉을 통해 보상받으려 한다. 1980년대 주사파 운동권 학생이었던 그녀, 그녀가 그렇게도 경멸해마지않던 인간상으로의 자신을 바꿔 놓은 것이다. 이것은, 1990년대를 거쳐 21세기를 넘어선 우리 사회의 변모가 바꿔 놓은 개개의 삶을 모습은 어떠한 것인가 하는 것을 상징적으로 보여주는 한 코드이기도 하다.

사회를 향해 목소리를 내지 않는 붓끝은 비루하고, 비겁한 소인배로 취급되던 시대. 시류에 떠밀린 의사를 대의를 향한 비장한 영웅적 목소리로 모사하던 시대.

그 너머에 꿈꾸던 낙원의 모습은 어떠한가? 포스트모던한 규격과 천박한 자본주의와 꿈을 상실한 채 살아가는 소외된 인간 군상들만 있을 뿐이다.

그 속에서 습관이 된 삶을 영위하던 한 인간에게 주어진 24시간. 환한 낮으로 살아왔고, 앞으로 또 변함없이 그렇게 살아갈 것이라고 생각하고 있던 그에게 선택은 그가 살아왔던 낮이 과연 낮이었던가 조차 의심하게 만든다.

가짜로 살아온 자신을 진짜로 여기고, 진짜로 생각했던 삶이 갑자기 가짜로 뒤집혀야 할 운명에 놓였다. 어느 것이 과연 그에게 진짜인가? 내게도 소리친다. 네가 살고 있는 삶이 진짜인가?

　경구 하나에 맡기는 감상이란 경박하고도 얼마나 어리석은 것인가. 하지만 본문 속에 언급된 폴 발레리의 시구가 주는 여운은 좀처럼 내 머릿속을 떠나려 하지 않는다.

　　생각한 대로 살지 않으면 사는 대로 생각하게 된다.

- 폴 발레리

은희경, 「그것은 꿈이었을까」

우리가 좇는 사랑은?

시린 아침, 출근길이었습니다. 양복 윗도리 깃 열린 가슴팍으로 차르르 스며드는 냉기. 서리가 내릴 거라더니, 얼음이 얼 거라더니…….

길섶 벚나무는 더욱 붉어진 얼굴이지만, 어언 교정 산벚나무는 까치밥으로 홍시 한둘 남겨둔 감나무처럼 서넛 이파리만 남겨둔 채, 빈 가지를 하고 있습니다. 그러고 보니, 다음 주엔 이제 수능시험일이 있습니다. 해마다 '입시 한파'란 말이 사람들 입으로 회자되는 것이란, 추위도 그럴만한 절기에 이른 까닭이겠지요.

늘 거울 바라보듯 교실 드나드는 길로 바라보던 산벚나무 가지의 저 비워 버림, 겨울의 여백처럼 내 맘에도 한 줄 비움의 휴지(休止) 한 장 마련해야겠습니다.

은희경의 '그것은 꿈이었을까'를 읽었습니다. 새벽녘에, 이른 잠에서 깨어나 뒷부분 채워 읽길 마쳤는데, 이전에 읽은 그녀의 여느 소설과는 사뭇 달랐습니다. 구체적이고도 치열한 삶의 현실을 기반으로 한 사실성이 내가 알고 있던 그녀의 소설의 세계였는데 이 소설은 꿈과 현실의 변주와 같은 환유의 세계였으니까요.

아 참, 이 소설 이전엔 장석주의 산문을 읽었는데, 그는 노자와 장자를 항상 끼고 살아간다고 말하곤 하였지요. 물론, 장자의 호접지몽 얘기도 심심찮게 하였고요.

'그것은 꿈이었을까'에서는 꿈과 현실의 경계는 더욱 모호해지고야 맙니다. 현실의 삶이 꿈같기도, 꿈속 세계가 현실 같기도 한, 그리하여 죽음마저도 낯설지 않은 삶의 연속체 같은 몽롱함. 마치 암수 동체인 듯한, 두 얼굴을 동시에 가진 야누스 같은 양가적 양상을 지닌 것이 생이라는 것처럼.

그것은 정말 사랑을 갖지 못한 자가 어느 날 문득 사랑을 찾게 되었을 때, 별안간 무심하던 세상이 온갖 낯설고도 고독한 것들로 뒤덮이게 되는 이치와도 같은 것입니다.

사랑하고 있습니까? 그렇다면 외로움을 겪고 있으시겠군요? 사랑을 찾게 되었지만, 그것을 현실에서 이룰 수 없을 때 그 남자의 생은 어떠할까요? 사랑을 좇아 끊임없이 몽유하는 꿈속 세계가? 배달되지 않는 오디오, 다시 찾을 수 없는 '레인캐슬'이? 어느 것이 진정한 현실인지 정말 구분할 수 없는 혼몽의 상태에 빠지게 됩니다. 사실성을 소설의 전범으로 여기는 독자가 있다면 '뭐, 이런 황당한 얘기가 있어!'라며 어느 한 지점에서 책장을 덮을 수도 있을 법합니다.

하지만 때로는 나도 무엇이 진짜인지 진정함인지를 잘 모르는 경우가 허다합니다. 밥 먹고 출근하고, 퇴근하고 씻고 다시 잠자리에 들고, 또 아침이면 알람 소리에 맞춰 깨어나선 어제의 일들을 되풀이합니다. 이런 일상이 더 가짜 같다는 생각 같은 것 해보신 적 없나요? 매트릭스 얘기 같다고요?

그 남자. '레버 소울'이나 비틀즈의 다른 노랫말, 실레의 자화상 같은 것은 하나의 장식적인 소도구에 불과합니다. 독자의 시선을 끌어 초점을 거기에다 맞추는 듯하지만 실상은 사랑을 좇는 고독한 자아입니다.

어쩌면 그 남자는 사랑을 받지 못하고 자랐기에(아홉 살에 부모가 모두 교통사고로 죽고 그 현장에서 그만 살아나게 되죠) 그 사랑에 목말랐지만, 막상 그가 찾은 사랑은, 현실 범주 밖의 상처 입은 자화상이었습니다.

누군가를 사랑한다는 것은 그를 위해 제 몸을 십자가에 못 박는 일이라는 구절을 누군가의 책에서 읽은 기억이 납니다. 사랑은 참으로 우주의 빅뱅 이래, 인간사에서 최대의 사건이요, 아직도 그들이 다 끝내지 못한 숙제임이 틀림없어 보입니다.

우리가 좇는 사랑
그것은
꿈이었을까요?

김훈, 『공터에서』

오래된 흑백 사진을 보는 듯한

책을 고르는 일이 쉽지 않습니다. 나이 들면서 더욱 무뎌진 옷 고르기와 같은 것이랄까요? 아주 가끔씩이지만 옷집에 가서 옷을 고를라치면 도무지 어떤 옷을 입어야 할지 뭐가 내게 어울리는 옷인지 감을 잡을 수 없어 합니다. 이럴 때 나는 선택 장애가 있는 것은 아닐까 하고 스스로 생각하기도 하지요.

이것 또한 나이 듦의 한 징표의 하나일까? 목소리가 예전 같지 않고, 내가 쓴 한 줄 글조차도 신통찮게 여겨지는 것들이 모두 무뎌진 감각들이 연합하여 만들어낸 씁쓸함?

하여, 도서관에서 자주 나와 만났던 작가들 말고, 젊은 작가들의 책들과 만나 보았지요. 그들의 싱그러운 감성과 번뜩이는 감각들을 기대하면서 말이지요. 몇 권의 몇 명의 작가. 그것도 제법 메이저 출판사를 등에 업은 작가의 글들을.

인내심을 가져야 했습니다. 왜냐하면 제대로 읽어내지 못하는 것도 앞에서 언급한 한 표징이 아닐까 의심해야 했으니까요. 실명을, 책 이름을 언급하기는 그렇지만, 인내의 결과는 참혹했습니다.

서사는 지리멸렬했고 더구나 문체는 뭐라고 얘기할 수 없을 정도로 참담하여 도대체 내가 지금 책 읽기를 통해 무슨 실험을 하고 있는지, 시간 앞에 무슨 짓을 하고 있는지 모를 지경이었습니다. 그러다가 문득 내가 즐겨 읽던 익숙한 작가들을 그리워하였답니다. 김연수, 김영하, 신경숙, 전경린, 한강, 은희경…… 같은 이들. 하지만, 그들의 신간은 찾아볼 길 없었고 다시 도서관 서가를 배회하다가 문득 김훈의 '공터에서'를 발견했답니다.

몇 년 전에 나온 책이지요. 그런데 말입니다. 맙소사! 작가의 나이는 1948년생이니 무려 이 책을 출간할 당시의 나이가 70세에 이른다는 것입니다. 번데기 앞에 주름 잡는다고, 이 노익장(?) 앞에 내 나이 듦의 징표가 어쩌고저쩌고 말한 것이 너무 부끄럽습니다. 그의 문체는 주저함이 없었고, 서사는 강물 흐르듯 자연스럽기만 하였답니다. 물론, 단숨에 책을 읽어 낼 수 있었지요.

소설에서 문체와 서사가 얼마나 독자를 포로로 붙잡아 둘 수 있는가 하는 것을 거듭 느끼게 해 준 읽기였습니다. 섬세한 문체는 쓰는 사람에겐 치열함의 시원(始原)이 되는 것이고, 이것은 독자에게 이어져 글의 맛을 느끼게 하는 양념이 되는 것이라고 해야 하나요? 좋은 서사가 좋은 음식의 기본 재료가 되는 것이듯 말입니다.

작가 스스로도 밝혔듯, 조사 하나를 사용하는 데에도 심혈을 기울이는 문체에 대한 신중함과 노력 없이 결코 좋은 글은 탄생할 수 없는 것인가 봅니다.

아래 인용문은 구두를 닦는 마장세가 제대로 벌지 못한 날의 배고픔을 생생하게 묘사한 부분입니다.

> 배가 고프면 창자에서 찬바람이 일었고 몸속이 비어 투명했다. 배가
> 고프면 눈을 가늘게 뜨게 되는데, 눈꺼풀이 떨려서 세상이 흔들렸고
> 가까운 것들이 멀어 보였다. 배가 고프면 후각이 민감해져서 사람 냄
> 새나 물이 오르는 가로수의 풋내가 코끝에 어른거렸다.
>
>   - 김훈, 『공터에서』, 해냄, 157쪽

이 책에서는 인간의 본질이라든지, 삶의 근원성, 인생이란 무엇인가와 같은 근원적인 담론을 제시하지 않습니다. 뭐랄까요. 격랑의 시대 환경 속에서 아무런 배경 없이 빈터에 부려진 인간의 삶의 모습을 담담하게 제시하고 있는 정도라 할까요. 무슨 대책이거나 희망을 얘기하지도 않습니다. 그러한 외적 현실을 그저 불끈 빈주먹 하나로 마주하며 신산하게 살아와야 했던 우리네의 근·현대사를 아무렇지도 않은 듯 그려냈으나, 쓸쓸함과 그 아픔은 고스란히 독자들의 판단에 맡겨버리는 그런 서술 방식을 취합니다.

> "자 이 책을 읽었지요? 그렇다면 작가는 이 책을 통해서 독자인 여러
> 분에게 무엇을 말하려 했을까요? 작가가 전달하고 하는 중심 생각 그
> 것을 우리는 '주제'라 합니다. 이 소설의 주제는 무엇이죠? 한 문장으
> 로 표현해 볼까요?"

이렇게 얘기하며 주제를 말하라고 한다면 과연 나는 무어라 대답을 할 수 있을까요? 물론 문장을 만들고 생각을 조합해 낼 수 있긴 하겠지만, 난 그냥 '먹먹했습니다.' 라거나 '아무 생각이 들지 않았습니다.' 같은 추상적인 답변을 할 것만 같습니다.

책의 느낌과 생각을 명료하게 논리적으로 드러내어 또 다른 하나의 집을 짓는 것은 평론가의 책무이기도 하고, 독자의 독서 심층 작업의 하나이기도 합니다. 하지만, 나는 이 책을 덮으며 우리네 어머니와 아버지가 겪었던 삶의 모습을 흑백 사진으로 반추해 보는 듯한 느낌으로 한동안 먹먹해진 마음으로만 두고 나머지 생각이란 것들은 그저 유예해 두고만 싶었답니다.

황석영, 『해질 무렵』

희미한 옛사랑의 그림자

마지막 페이지를 덮은 후에도 한동안 먹먹한 기운이 쉬이 가시질 않는다. 이젠 집중력이 떨어지고 눈치가 한참 바래져서 그런지 기실 소설 속 정덕희의 존재가 박민우와 어떻게 연관되는지를 중반부까지도 몰랐다. 이들의 얼개가 인지되면서 시작되었다. 먹먹한 기운. 작가의 말처럼 그야말로 '희미한 옛사랑의 그림자'에 관한 이야기다.

'희미한 옛사랑의 그림자' 김광규 시인의 대표적인 시 제목이다. 이 제목이 가진 시대와 인간의 내면 의식을 아우르는 함축성이 많은 이야기를 들려준다. 이쯤이면 간결한 패러디이기도 하다. 또한, 소설의 제목인 '해질 무렵'이란 하강의 심상과 어우러져, 이미 어느 정도 쓸쓸함 내지는 아련하게 추상되는 지난 시간과 현재의 오버랩을 예감케 한다.

편의점과 식당 알바 등으로 밤을 새워가면서 반지하 방에서 연극 작가의 꿈을 포기하지 않는 현재 20대 정덕희와 과거와 현재를 넘나들며 60대인 성공한 건축가 박민우를 번갈아 조명해 내는 서술자의 눈이 처음엔 낯설었다.

그러나 서로 다른 인물과 시대 배경의 여러 개의 축을 그려내어 삶을 보다 총체적으로 혹은 균형 있는 시각으로 그려내는 다른 소설 몇을 본 적 있으니, 이 소설 또한 그런 의도로 두 인물을 엇갈리게 등장시킨 것 아닌가 생각하였다.

그러니까. 첫 장면에서 쪽지를 건네준 그 여자가 바로 덕희였네. 서사의 중반을 넘으며 덕희의 남자 친구 이름이 김민우라는 데서 다시 헷갈렸다. 박민우인데 또 김민우? 영민한 독자였다면, 차순아와의 연결 고리에서 같은 이름 민우에 대해 눈치를 챘을라나?

어쨌거나 나처럼 둔한 독자도 있어 후반부에서야 와르르(?) 이어지는 시간과 인물과 내면의 고리 앞에 우두망찰, 멈칫하게 하는 효과도 낼 수도 있을 테지.

전쟁 너머로 몰려들던 배고픔의 한기와 도시의 그늘들이 시대극처럼 잘 묘사되었다. 덕희가 아르바이트를 하는 편의점 부분의 세부 묘사와 서술은 노작가(43년생인)의 세대를 의심하게 만든다. 이십 대 누구에게 의뢰해서 쓴 것은 아닐까 할 정도?

시쳇말로 '살아 있는' 문체의 생생함에 지루할 틈 없는 서사가 책 읽기를 멈추지 못하게 한다.

새로운 주택 부지를 찾으며 맞춤한 곳에 집 짓는 상상을 하는 게 요즘의 내 유일한 낙이다. 그런데 그 집에는 함께할 가족이 없다. …(중략)…
나는 길 한복판에서 어느 방향으로 가야 할지 몰라 망설이는 사람처럼 우두커니 서 있었다.

- 황석영, 『해질 무렵』, 문학동네, 195-196쪽

해질 무렵으로 걸어간다. 저마다 뒤돌아보지 않고 삶을 살아왔으나, 어느 날 문득 뒤돌아보면, 과연 잘 살아왔던가. 회한 없는 삶을 살아왔던가. 몰려오는 아쉬움과 아픔의 시간들. 그리고 구석구석마다에 서성거리는 수상한 옛사랑의 그림자. 그리하여, 내가 내게 질문 하나쯤 던진다. 나의 시간을 과거 어느 한 시점으로 돌릴 수 있다면 과연, 나는 어디로 돌아갈 것인가?

김영하, 『호출』

해체와 균열의 시대
나르시스

　나의 김영하 소설 읽기는 집필의 시점으로 말한다면, 다분히 역순행적이다. 최근의 작품부터 거슬러 읽기 시작해서 장편을 먼저 읽고, 다시 중편, 단편의 식으로 여행을 한 셈이니까.

　이번에 보게 된 '호출'이란 단편집은 2006년에 개정된 판이긴 하지만, 수록된 작품은 1994년 등단 첫 작품에서 비롯하여 1997년까지 그의 데뷔 시절에 쓴 작품으로 1997년에 첫 출간이 되었으니까, 지금으로부터 15년 전의 책이다.

　이 소설집에서도, 김영하 소설에서 곧잘 발견되곤 하는 1990년대의 의식과 가치가 두 얼굴 내지는 혼란과 해체의 방식으로 뒤범벅이 되어 있다.

　1980년대 소위 386이라고 하는 세대들이 지상의 명제처럼 떠받들던 가치들이 1990년대에 이르러 균열되고 급기야 해체되기에 이른다. 기형도가 죽고 김광석이 자살을 한 것은 물론이고, 추억 속에서 명명되던 1980년대의 허망한 잔치의 기억들을 추스르는 쓸쓸함이 허전한 저녁 무렵 자기 그림자를 돌아보는 것 같았던 시대. 그래서 누군가는 '잔치가 끝났다'는 말로, 추억을 곱씹는 사람들의 쓸쓸한 가슴을 적막하게 위로하며 출판 부수 꽤나 올리기도 하고……

갓 스물을 그 1980년대에 주고도, 젊음과 혼돈과 미처 다 써버리지 못한 열정들이 남아 서걱거리는 이십 대 후반의 그에게 이 해체의 시대는 소설의 자양이 된 것은 분명한 일이다. 오늘의 그가 존재하는 이유 또한, 혼란스러웠던 시대의 '통과의례'로 말미암은 것임은 굳이 말로 하여 무엇하겠는가?

출판 당시에 읽었더라면? 지금 읽은 것과 무슨 차이가 있었을까? 15년 전이니, 한 번 생각해 봄직도 하다. 그때, '아직 나는 죽지 않았어.'라고 외치는 1980년대 가치들이 맹렬하게 소설 속 세계들의 고개 떨군 자의식에 독설을 퍼붓지 않았을까.

시대의 거울이란 상투화된 소설의 정의를 빌어, 고개를 주억거리며 신선한 통찰과 변화를 짚어내는 작가 역량에 찬사를 보내기라도 했을까.

장편은, 삶의 총체성이란 면에서 시대와 역사의 큰 흐름 속 인간 삶을 반추해 보게 하는 미덕을 가진다. 반면 단편은 장편 소설에서 놓치기 쉬운 현미경 방식의 세세한 응시가 매력이라 할 수 있다. 팽팽한 긴장과 완결성 그리고 응집력.

그러나, 11편으로 구성된 단편소설들은 저마다의 목소리를 내면서도 모두가 1990년대라는 시대의 흐름에 한배를 타고 건너는 강줄기처럼 긴밀하게 이어져 있어서, 마치 장편소설 한 권을 읽는 느낌이었다.

지금은 분명 2000년대며, 공상 과학 영화에 곧잘 등장하던, 도무지 올 것 같지 않던, 2020을 앞두고 있다.

　15년 전의 1990년대란, 이미 유효기간이 지난 채 오랫동안 보관된 음식물처럼 펼쳐 들기도 통째 버리기도 아까운 어정쩡함으로 남는 시대일 수도 있다. 그러나 오히려, 이 지점에서 돌아다보는 1990년대의 맛깔스러움이란 정말 밋밋하고 별다른 지향 없는 2000년대를 보내고 있다는 것의 반증은 아닐까…….

　시대의 문턱을 넘어서는 의식들의 파편을 미학적으로 그려낸 작가의 역량이 돋보이는 단편들이다.

　해체와 균열의 시대에 보내는 나르시스.

전경린, 『엄마의 집』

책을 읽어도 세월은 가고,
읽지 않아도 세월은 간다.

습관처럼 2주가 지나면 세 권의 책을 빌려온다. 통째로 모두 읽든, 부분을 읽다가 허겁지겁 반납을 하든, 한 줄을 읽어도 2주는 지난다. 물론, 책을 빌려오지 않아도 2주라는 시간은 언제나 지나가고 만다. 책을 읽어도 읽지 않아도 생은 지나가는 것이다. 어느 것이 더 나은가?

안도현의 말처럼 시를 읽어도 세월은 가고, 시를 읽지 않아도 세월은 간다. '시'라는 말에다가 '책'이라는 글자를 대입시켜보아도 마찬가지다. 책을 읽어도, 읽지 않아도 세월은 간다. 그러나 책 속에서 만나는 세계와 삶이 하나의 경험이 되고, 그런 경험은 부지불식간에 독자의 삶을 또 다른 깊이로 인도할 수도 있다.

3월의 부산함에 떠밀려 늘 책을 읽는 둥 마는 둥 했다. 꽤 여러 권의 책을 빌려오곤 했지만, 잡았다 놓았다를 반복하는 사이 흐름은 단절되고, 생각의 마디마디는 유리(遊離)되어 제 각각 떠돌곤, 급기야 내가 그 책을 읽기나 했을까? 혹은, 책을 읽었다는 의식마저 아득한 적 여러 번이었다.

2주 전에 빌려온 책은, 마저 읽기를 끝내지 못한 뒷부분에 미련을 갖다가 반납일을 놓쳐버리고 말았다. 연체한 사흘 동안 대출이 금지된다. 그 사흘이 내가 무슨 열혈 독서광이라도 되는 듯, 참 허전하고 지루했다.

전경린의 신간 소설이 눈에 띈다. 서가를 거닐다가 눈에 확 드는 책을 만날 때의 설렘과 즐거움을 무엇으로 비유할까? 누군가의 손을 타지 않은 깔깔한 책 모서리. 첫 대출이 분명해 보일 때는 거의 환희에 가까운 감정을 가지기도 한다.

일탈과 자기 정체성에 방황? 자아와 개인의 욕망? 전경린의 이전 소설들에는 특별한 무엇이 있었다. '일탈'은 혹은 그 속 간간 깃들인 '성애'는 단정하지 못한 것, 바람직하지 못한 사회 규범의 불온한 코드로 독해하면서도 그러한 것들이 매개하는 자아 찾기의 인력은 전경린만이 가진 독특한 매력이었다. 그녀의 그런 이름값에 대한 기대치를 반영한 것일까? 책 뒷면을 보니 첫 출간 한 달 만에 12쇄의 기록.

한 시대를 휩싸던 이데올로기의 미망에서 벗어나지 못하여 보다 현실적인 삶을 살지 못하는 소위 386 아빠. 그 남편으로부터 벗어나, 화가로서의 본업을 버리고, 15시간씩 일해 집을 마련한 엄마.

엄마 아빠의 이혼으로, 흔히 말하는 결손가정에서 자라난 스무 살이 된 주인공 호은. 기존 그녀의 소설 속이라면 파격과 일탈의 개연성을 충분히 가진 인물이지만, 이 작품 속에서는 아르바이트, 학원, 영어공부 사이에서 가족과 주변에 대한 이해로 단정한 인물로 거듭(?)난다.

혈육으로써 만이 아닌, 공존과 이해로써 '가족'과 그 연대를 그리려고 했을까? 제목도 '유리로 만든 배(전경린의 다른 소설 제목)'처럼 떠돎이나 불안의 흔적이 보이지 않는다. 낭만적이거나 어디 멋스러운 구석을 발견해낼 수도 없다. 그냥 단정한, '엄마의 집'이다. 그러니 달라졌다는, 단정해졌다는 주변의 입말들은 너무 당연한 말씀이다. 다소 어려운 여건에도 불구하고, 서로를 감싸 안아 이해를, 사랑을 지향한다는 것처럼 사회적 주제로 귀감이 되는 소설이 또 어디 있으랴.

주변의 포장된 호평에도 불구하고, 책장을 덮은 나는, 무언가로 아쉬운 쓸쓸한 느낌 지울 수 없었다. 굳이, 진보의 개념과 결부되지 않는다 하더라도 '변화'는 좋은 것이라는 언젠가의 경구(警句)가 떠오르기도 하지만, 전경린의 이런 변화는 내게 다소 실망스러운 것이다.

일탈과 때로는 붉은 관능과도 같은 독특함이 내게는 전경린다운 전경린이었으니까. 그리고 이런 전경린은 단 하나지만, 단정하게 따뜻하게 얽히고설킨 삶을 풀어내는 작가는 도처에 널려 있기에 말이다.

전경린의 다소 불안해 보이는 그러나 뜨거운 그 존재 찾기의 붉은 열정이 그리워지는 것은 혹시, 내 속 단정하지 못한 사회의식의 한 반영이기라도 한 것은 아닐까?

김연수, 『네가 누구든 얼마나 외롭든』

역사 속에 가려진 사람들의
이야기 복원

1990년대를 어떻게 규정할 수 있을까? '규정'이란 말의 규격성이, 다양한 의미로 가치로 변주될 수 있는 존재를 획일화시키고 단순화하려는 음모처럼 낯설긴 하지만 과도기 내지는 어정쩡함?

기존의 가치와 질서가 서서히 해체되거나 변해 가는 와중에 재빨리 변신하는 사람이 있는가 하면, 남의 땅에 오랫동안 집을 짓고 산 사람들은, 실거주자이므로 이제 이 땅은 내 것이라 하고 오랫동안 남의 옷을 빌려 있는 사람은, 이 옷은 이제 내 몸에 맞는 내 옷이라고 주장하며 상황에 자신을 맞춰놓는다.

1980년대 말, 1990년 초 교직 사회에서 전교조가 그랬다. 각성이란, 진보란 이름으로 낡은 것과 새로운 것으로 이분되던 사고하에서 젊은 교사들 사이에 전교조는 시대의 큰 흐름이었다.

다소 이분법적이기도 하였던 획일적 의식이, 의지가 있건 없건 간에 그 큰 흐름의 물결에 몸을 맡기게도 하였으니까. 세상에는 전적으로 개인의 의지와 무관하게 이뤄지는 일들이 냉정하게 바라보면 너무도 많다. 고백해보면 그 무렵의 나는 거창한 시대 의식이라든지, 반짝이는 소명감 등으로 나를 무장해 본 적이 한 번도 없었다. 당대엔 회색적이라고 비판받아 마땅한 사고였지만, 오히려 내겐 일방적으로 생각을 휘몰아가는 몇몇 사람들이 언제나 낯설었다.

명지대 신입생 강경대의 사망으로 시작된 '분신정국'의 1991년 5월은, 꺼져가는 시대 거대 담론을 되새기려는 시대의 상처였다.

기억난다. 김지하의 신문기고문 '죽음의 굿판을 걷어치워라'가 모멸적 자기성찰을 시도했으나, 무수한 돌팔매로 만신창이가 되어야 했던 시대.

소설 속으로 들어가 보자. 화자인 '나'의 할아버지와 애인 정민, 주인공이 독일로 넘어가서 만나는 강시우(본명 이길용)는 모두 각자 내밀한 상처를 지닌(할아버지-간첩 조작사건 연루, 정민-삼촌의 자살, 강시우-막노동꾼에서 민주투사로, 다시 안기부 프락치로 '만들어져 가는' 인생역정) 인물들이다. 이들의 삶이, 개인의 상처가 거대 담론, 즉 '역사'의 사건 속에 묻히는 것을 이야기를 통해 드러내 보인다.

역사의 기록과 소설의 기록은 이런 면에서 확연한 차이를 보인다. 역사는 굵직한 사건을 사실적으로 기록하는 데 초점을 둔다면, 소설은 그러한 역사적 사건 속에 매몰되어 가는 인간 저마다의 사정과 사연과 상처와 그에 대한 응시, 그리고 역사 속에 가려진 다양한 개인들의 이야기 복원에 앵글을 맞춘다.

등장인물 저마다의 이야기가 얼기설기, 퍼즐을 맞추는 듯한 방식으로 시대를 관통해 나가지만, 시대의 대표적인 삶의 모습을 하고 있던 어떤 개인도 온전히 그 시대를 대표하는 모습 자체로 살아가는 것은 아니라는 얘기를 하고 있다.

시대가, 이념이 그 어떤 것이 규정할 수 없는 독특한 자신들만의 삶이 있다는 것을 역사는 얼마나 간과하고 있는가? 치밀한 노력과 도저한 인간 삶에 대한 성찰로 빚어내는 작가 의식의 산물이 바로 소설이다.

> 어둠 속에 머물다가 단 한 번뿐이었다고 하더라도 빛에 노출되어본 경험이 있는 사람이라면 한평생 그 빛을 잊지 못하리라. 그런 순간에 그들은 자기 자신이 아닌 다른 존재가 됐으므로, 그 기억만으로 그들은 빛을 향한, 평생에 걸친 여행을 시작한다.
>
> - 김연수, 『네가 누구든 얼마나 외롭든』, 문학동네, 374쪽

'네가 누구든 얼마나 외롭든'이란 제목은 메리 올리버의 '기러기'란 시에서 따온 것이다. 시를 통해 말한다. 매 순간 세상이 당신을 초대하고 있다고 용기를 내라고. 시대와 현실 속에 짓눌려 스스로를 초라하게 인식하고 부족하다고 여기는 자아에게 스스로 외쳐보게 한다.

그래, 괜찮아. 다시 시작해 보는 거야. 남들 눈에는 못나 보여도 나는 나만의 아름다움이 있고, 날아갈 수 있는 하늘이 있어. 괜찮아 힘내는 거야!

정찬, 『그림자 영혼』

상처받기 쉬운 여린 영혼

산벚나무 꽃잎마저 흩날리는 눈송이가 되던 일요일 아침. 들렀던 도서관의 풍광이 다시 떠오릅니다. 빛과 여백과 적요가 맑은 호수 잔물결처럼 파닥여 가슴에 들던 시간을 말입니다.

책을 끌어안은 서가들이 줄지어 서서는 손길을 기다립니다. 늘 북쪽으로 면해 있는 문학 쪽 서가에만 눈길이 머물렀는데, 그날은 남쪽 철학, 종교 등으로 분류된 서가도 둘러보았습니다. 궁금한, 창밖 연둣빛 새잎이 빼꼼 고개를 내밀기도 하던 날.

'그림자 영혼'이란 정찬의 소설을 먼저 읽었습니다. 도스토옙스키와 그의 작품 '악령'과 페테르부르크*가 느닷없이 소설에 등장합니다. 정신과 의사인 서술자를 등장시킨 것이 예사롭지 않습니다.

이십 대 중반엔 세계 명작을 읽어야만 한다는 강박증 하나로 도스토옙스키 소설을 붙잡고 늘어진 적이 있었습니다. 책 읽기가 그처럼 힘들었던 기억이 따로 없는 거 같습니다. 번역상의 문제였든, 단속(斷續)의 독서 태도가 문제였든, 이도 저도 아니면 총체적 독서

---

* 러시아 제2 도시인 '상트페테르부르크'의 제정러시아 때 이름. 현재에도 약칭으로 부르기도 함.

능력의 문제였든 잘 기억이 나지 않습니다만, 분명히 남는 기억은 정말로 힘든 읽기였다는 것 정도입니다.

어쨌든 옛날 책 읽기 얘기는 이 정도로 젖혀두고, 소설 '그림자 영혼'으로 들어가 보겠습니다.

어느 날 작중 정신과 의사이며 화자인 '나'에게 전화를 걸고 찾아온 주인공 김일우로부터 도스토옙스키에 대한 얘기를 듣습니다. 그가 러시아의 페테르부르크를 방문했다가 악령의 주인공 스타브로긴을 만났다는 것입니다.

일곱 살 무렵 어머니를 여의고 아버지와 살던 주인공 김일우에게 사춘기 무렵 어머니를 연상시키는 영희라는 여인이 등장합니다. 하지만, 어머니가 아버지의 차지였던 것처럼 영희 역시 아버지가 차지하고 맙니다. 여기서 누구나 다 짐작할 수 있겠지만, 오이디푸스 콤플렉스 유의 냄새가 물씬 납니다. 아버지에 대한 복수심은 엉뚱하게도 영희에 대한 저주로 이어지고 결국, 그녀를 자살로 몰아가게 합니다.

사춘기에 경험한 좌절이 청년기로 접어들면서 비정상적인 일탈과 타인에 대한 가학적 태도로 그리고 아버지에 대한 직접적인 복수로 이어지게 됩니다. 급기야는 도스토옙스키의 소설 '악령'의 주인공 스타브로긴이 자신과 동일인이라고 착각하는 정신분열증적 증상을 통해 아버지 살해에 대한 죄의식을 정당화하기까지 하게 됩니다.

김일우는 자신의 삶을 연극에 비유하기도 하고, 스타브로긴을 통해 자신과 아버지의 행동을 설명하려고 시도하지만, 끝내 자신의 '그림자 영혼'으로부터 벗어나지 못한 채 스타브로긴처럼 자살을 선택하고야 만다는 줄거리입니다.

우선, 도스토옙스키의 문학과 프로이트의 정신분석학이 김일우라는 인물과 서로 맞물려 이야기의 축을 이루고 있는 소설이 어쩌면 이렇게 긴밀하게 맞물린 바퀴처럼 잘 돌아가는 것일까 감탄을 금치 못했습니다. 어설프게 접근해서 겨우 사건에 억지 대입이나 하려 했다면, 그 어색한 작위성을 어찌 감당할까 걱정을 했었는데 말입니다.

결국, 배면에 배치한 악령의 '스타브로긴'이 김일우라는 인물에게 무리 없이 적용된다는 점에서 문학의 보편성과 인물의 전형성을 두루 다시 한번 확인하게 됩니다.

정신분석학자 칼 융은 '그림자(shadow)'는 인간의 무의식 속에 자리 잡고 있는 음침한 어둠을 말하는 것이라고 합니다. 그에 따르면 '그림자'란 사람이 조상으로부터 진화하면서 지녀온 원시적 동물 본능으로 선(善)과 반대되는 부정적인 심리상태를 나타내는 것이라고 합니다.

김일우라는 인물은 상황이 어떠하였건 간에 '친부 살해'와 '자살'이라는 파국과 극단의 정점으로 치달은 인물이지만, 우리 인간 저마다에게 '그림자'의 음습한 어둠이 깃들어 있는 것은 부인할 수 없는 일입니다. 그것이 파괴적, 자학적, 충동적, 공격적인 모습으로 세상에 드러나지 않도록, 오히려 역동적 에너지의 파장으로 전환되

도록 만드는 힘은 사람을 사랑하는 것. 그것도 진심으로 뜨겁게 사랑하는 것일 테지요. 그 그림자 영혼마저도 끌어안을 수 있는 것이란 말입니다.

인간의 영혼이란 얼마나 섬세하고도 집요한 것인가. 진부한 말이 될 수도 있겠지만, 섬세하고 집요한 탓에 상처받기 쉬운 여린 인간 영혼을 위해서는 든든한 자양이 필요한 법인가 봅니다.

그 자양은 두말할 나위도 없이 '사랑'이 되겠지요.

신경숙, 『어디선가 나를 찾는 전화벨이 울리고』

죽음 또한 우리 생의 일부란 것을

"이 책을 읽고 난 뒤, 더 이상 나는 읽기 전의 내가 아니었다."

　신경숙의 장편소설 '외딴방'을 읽고 난 뒤, 한 학생이 그 감동을 적은 감상문의 첫 문장이 한동안 내 눈을 다른 곳으로 돌리지 못하게 했던 기억이 새롭습니다. 그 학생의 감상문은 자연스레 "책 읽기란 무엇인가? 특히, 소설이란 우리의 생에서 어떤 의미를 지니는가?" 하는 책장 속에나 꽂혀 있을 법한 원론적인 물음을 다시 꺼내 들게 하였지요. 다시 생각해 봅니다. 우리에게 문학은, 소설은 무엇인가? 비록, 신경숙 작가가 표절 시비로 상처를 입었고, 애독자였던 제게도 그 파장이 오래도록 남았지만 말입니다.

　'어디선가 나를 찾는 전화벨이 울리고'. 도서관 서가에서 신경숙의 신간 장편소설이 눈에 띄자, 그것은 더 이상 선택의 문제가 아니었답니다. 무작정이죠. 인간관계에서도 이런 면은 단점이 될 수도 있을 겁니다. 내 성정 중, 가장 마음에 들지 않는 부분이기도 합니다. 사람에 대한 호불호가 선명해서, 좋은 사람은 무작정 거듭 좋아하는데, 싫은 사람은 억지로라도 좋은 척을 하지 못한다는 점입니다. 싫은 기색을 드러내진 않는 듯한데, 되도록 마주하지 않으려 하니 상대방도 자연스레 거리감을 느끼게도 되겠지요. 책이나 작가에 있어서도 마찬가집니다.

책을 고를 때도 좋아하는 작가의 책은 무작정 선택합니다. 그리고 끝까지 읽지요. 신경숙은 한때, 대중적으로 많은 사랑을 받던 작가였지만, 대중적 인기를 누리지 않았을 때부터 그녀는 내가 좋아하는 작가 중 한 사람이었습니다. 특유의 음유하는듯한 시적 문체 때문이었습니다.

발간되고 난 뒤, 이 시골 소읍 도서관에 첫 몸을 담근 지가 얼마나 되었을까? 아직은 그렇게 많은 사람의 손을 거치진 않았을 법한, 그렇게 부풀어 오르지 않은 '노오란' 표지의 책을 끌어안고 아주 행복한 마음으로 이내 도서관을 나섰습니다.

그리곤 이틀. 오전에 수업을 하고, 오후에 야산을 오르내리는 시간 외는 그녀의 세계 속에 빠져들었습니다. 충분히(?) 대중적인 인기 작가여서, 혹은 이젠 감각이 무뎌질 만한 나이여서, 이전 소설 중 시보다 더 비유가 넘치는, 감각적이며 섬세하고 그윽한 내적 탐구의 문장들이 아니어도 괜찮아 이해할게……라며 중얼거리며 시작한 읽기였습니다.

그렇습니다. 소설은 그래요. 한 작가 구축해 놓은 또 다른 세계의 하나지요. 그런 면에서라면, 소설가는 훌륭한 소설가는 새로운 세계의 창조자인 셈이지요. 충분히 그런 말을 들을 자격이 있어요. 책 읽기란 그래서, 새로이 창조해 놓은 세계로의 발디딤입니다. 해묵은 얘기지만 소설을 읽는 것은, 읽는 동안은 단 몇 시간 혹은 며칠에 불과하지만, 새로운 세계로의 여행입니다. 며칠 후면, 그 세계는 사라지고 다시 일상이 펼쳐지지요. 하지만 모두 사라지는 것은 아니랍니다. 그 잔상들. 책장을 덮고 일상의 맥박 속에 다시 온몸을 내어주는 순간 그 소설 속 세계의 잔상도 모두 사라지는 것처럼 생각되지만, 실은 끈질기게 내면의 구석구석에 잔류되어 있어요. 때로 감각적이라거나, 새로운 눈뜸이라거나 하는, 그저 일상적인 삶의 궤도 말고 번뜩이는 것이 있다면, 잔류된 그와 같은 성분들이 일으키는 작용이라고 생각합니다.

내리 이 책 읽기를 마치고 난 뒤, 참 기분이 이상했습니다. 몰입이 잘 된 영화를 보고 극장을 나오면, 그 이전까지 익숙했던 밝은 거리 풍경이 너무도 낯설게 느껴져선 울컥 설움이 몰려들곤 하는 것 같은 그런 유의 기분이랄까요. 분명한 것은, 이런 유의 소설을 만나기가 그렇게 쉽진 않다는 점이지요. 그리고 이런 소설을 읽고 난 뒤는 감정의 진폭이 커진답니다. 어제저녁 7시쯤에 마지막 장을 넘겼던가요. 식구들은 모두 외출 중이었고, 혼자 와인을 따서 홀짝홀짝 마셨더랬지요. 술에 젬병인 내가 그랬답니다. 그리곤 초저녁잠이 들었다가 깨어난 겁니다.

이야기가 엉뚱한 방향으로 흐르고 말았네요. 신경숙의 소설로 돌아가야겠군요.

처음, 뒤표지 출판사의 서평 중에 '청춘소설, 성장소설' 운운하는 것이 조금 서운했습니다. 청춘의 시기를 갓 통과했거나, 청춘의 시기에 놓인 자들만 독자가 될 수 있을 것 같은 모종의 피해의식(?) 비슷한 낭패감을 가지도록 했기 때문이었다고나 할까요? 그 누구도 청춘의 한 시기를 거치지 않고 세월의 뒤안길로 물러나 거울 앞에 서는 이는 없지요. 생에서 청춘이란 굳이 스무 살 무렵의 물리적 격정만을 의미하는 것만은 아닐 거라고 나를 달랬습니다. 굳이 스무 살 적이 아니어도, '기억할 수 있는 가장 격정적이었던, 그래서 뜨거웠던 생의 한 시기'라면 가히 문학적 의미의 '청춘'이랄 수 있다면서.

상실마저도 청춘이었기에 불멸의 풍경이 되어 아름다울 수 있는가? 그것은 고통스럽고 잔인한 기억은 아닐까요? 작가의 바람과는 달리 내겐 낙관보다는 비관으로 그들의 생이 읽혔습니다. 생성보다는 소멸에 대한 인식이 앞설만한 그런 나이가 된 것일까요?. 윤교수가 죽음 직전 그의 제자들 손바닥에 마지막으로 남긴 말은 영화 〈봄날은 간다〉의 쓸쓸한 제목을 닮았습니다.

> "나도 발생했으니 소멸하는 것이네. 하늘을 올려다보게. 거기엔 별이 있어. 별은 우리가 바라볼 때도 있고 있을 때도 죽은 뒤에도 그 자리에서 빛나고 있을걸세. 한 사람 한 사람 이 세상의 단 하나의 별빛들이 되게,"
>
> - 신경숙, 『어디선가 나를 찾는 전화벨이 울리고』, 문학동네, 354쪽

곳곳에 박혀 있는 '죽음'의 코드가 그랬습니다. 거식증의 미루와 분신자살한 그녀의 언니 미래, 그리고 그 남자친구와 단이의 실종과 의문의 죽음이, 윤의 어머니의 죽음이, 윤 교수의 죽음이... 죽음이 일상처럼 생의 죽지에 달려 있었습니다. 피어 무성한 꽃도 지지만, 제대로 피지도 못한 꽃이 떨어져 버린 것을 바라보는 사람들의 가슴에, 평생 아픔의 멍울로 남는 청춘의 기억들은 두고두고 얼마나 큰 아픔의 무게일까. 응당 지워지지 않을 그 상처의 기억을, 불멸의 풍경으로 미화할 수 있을까요.

언. 젠. 가. 라는 말이 낙관적인 희망으로 사랑으로 번져나가기 위해선 죽은 뒤에 바라볼 수 있는 별이어야 하는 것은 얼마나 생에서의 허무를 호명해 내는 일이 될까요.

'죽음'이란 것을 메타포로 받아들이기엔 그 단어 자체가 가진 의미가 너무나 무거웠습니다. 그들의 죽음을 생의 어느 청춘의 한 지점의 상실과 아픔의 사건으로 그래서 그 아픔을 통과하고 이겨내야 하는 장치로 설정한 것 말입니다. 그러나, 생이 그렇다면 죽음 또한 우리 생의 일부란 것을 결국엔 인정해야만 하는 것이 또한 우리의 생이니, 죽음은 우리 모두의 풀어야 하나 풀 수 없는 숙제이기도 합니다. 종국엔 청춘의 지독한 '통과의례' 정도의 은유로 그를 대할 수밖에 없습니다.

이 소설이 슬픔보다는 사랑과 낙관 그리고 미래의 꿈에 가까이 닿는 것으로 독자에게 읽히길 소망한다는 작가의 말을 수긍하는 것 외에 다른 독해가 따르지 않습니다. 삶은 여하튼 긍정되어야만

다가오지 않은 미래의 어느 한 지점 '언젠가'도 내 삶의 일부가 될 수 있으니까요. 긍정할 때, 끄덕끄덕이며 수긍할 때.

언. 젠. 가.

10년이든, 20년이든 불쑥 나를 찾는 전화벨이 울릴 때, 어제 갓 만났다가 헤어진 사람처럼 '거기 어디야? 내가 거기로 갈게.'라고 나도 말할 수 있을 테지요.

윤대녕, 『호랑이는 왜 바다로 갔나?』

시대의 덧난 상처

　윤대녕의 단편소설에 매혹됐던 적이 있었다. 시원(始原)을 좇아 낯설고 신비한 이교도의 사원을 기웃거리는 그런 매료됨으로. 그의 단편들은 그랬다. 서늘하게 목덜미로 쏟아지는 폭포수 같았다. 그리고 현실 저편 어디에 꼭 존재할 것만 같은 또 다른 세계에 대한 동경으로 사뭇 몽롱하게까지 해 주었다.

　장편소설이 도서관 서가에 꽂혀 있었다. 제목도 낯설다. '호랑이는 왜 바다로 갔나' 생뚱맞은 물음이 그대로 메타포이거나, 낯섦 내지는 난해함을 먼저 불러온다. 연어도 아니고, 바다거북도 아닌 호랑이가 바다로 가다니? 인터넷 말로 '이 뭥미?'다.

　입체적으로 얽어놓은 서사가 처음엔 다소 생경해서 처음 100여 쪽을 읽다 책갈피를 끼워 내려두었다. 이틀의 휴지(休止)를 가졌다. 뒤를 이어 펼쳐 든 장면에서 비로소 서사의 타래가 풀리고 바다를 향하는 존재들의 걸음을 끄덕일 수 있었다.

　민주화 과정에서의 시대적 비극과 갈등과 같은 외면할 수 없는 서사가 깊숙이 얼개를 이루고 있다. 그리고 소위 386을 관통해야 했던 시대의 덧난 상처가 저마다의 트라우마로 그 시대 너머까지 그늘을 드리운 채로 말이다.

영빈, 해연, 히데코 등, 등장인물들은 한결같이 영혼에 깊숙한 자상(刺傷)을 입은 자들이다. 스스로의 의지나 잘못에 의해서라기보다는 시대나 주변인들과 같은 외적 요인에 의해 치유할 수 없는 영혼의 상처를 안게 된 사람들이다. 당연히, 이들은 주변과의 소통에도 어눌할 뿐만 아니라, 저마다의 고립된 섬을 안고 살아가게 된다.

작품 속 주인공 소설가이며, 작가의 분신이기도 한 영빈은 육지에서의 삶에서 퇴패한 다음(수석으로 입사했지만, 권고 해직을 당하며 이로 인하여 약혼녀에게도 버림을 받게 된다. 대법관을 꿈꾸던 우등생이었던 그의 형은 민주화 과정에서 프락치라는 누명을 쓰고 자살을 하고, 형의 죽음을 둘러싸고 그의 아버지와도 치명적인 회복 불능의 관계에 빠지며 급기야 아버지마저 치매에 걸린다) 히데코가 해연과의 관계를 묻자, 자신은 사랑을 멈춘 지 이미 오랜 사람이고 두 번 다시 그런 일을 저지르고 싶지도 않다고 말한다. 사람을 사랑하는 일을 '그런 일을 저지른다'고 표현하면서 부정적으로 인식하는 인물이다.

제주도로 향하게 된다. 제주도라는 섬은 뭐랄까? 영빈에게 제주는 바다로 둘러싸인 곳, 즉 양수(바닷물의 성분과 양수의 성분이 같단 말이 작품 속에 나왔지 아마?)로 둘러싸인 어머니의 자궁과 같은 공간이 된다. 결국 재생의 공간인 셈이다. 또한, 남제주군 안덕면 사계리 해안가에 위치한 구석기 시대의 사람 발자국 화석에 제 발을 맞춰보는 데서 아득한 존재의 시원(始原)을 경험한다. 그리고 낚시를 한다.

이런 메타포는 그의 진작의 단편소설과 궤를 같이하는 것이다. 이 400쪽에 가까운 장편에 가지를 치고, 압축을 하면 결국 이왕의 단편소설과 같은 시적 은유 같은, 소설이 될 수 있을 법하다는 말이다.

단편이 원래 그러하듯, 윤대녕 작가의 단편 또한 줄기찬 서사보다는 인상적인 삶의 장면을 집중 조명하는 미덕(?)을 보이고 있었다. 예전에 읽었던 윤대녕의 소설들은 그래서 서사에 대한 기억보다는 김화영의 '인상주의 화가'라는 말처럼 강렬한 삶의 인상적인 장면에 대한 포착에 초점이 드리워져 있었다.

하지만 장편은 확연히 다른 느낌일 거라고 생각하며 읽기를 시작했으나 400쪽에 가까운 장편의 책장을 덮으며, 전혀 장편소설을 읽은 듯하지 않은 느낌을 가졌다.

비슷한 절망의 코드는 영빈의 지지부진한 애인이었던 해연에게서도 발견된다. 화목한 가정의 딸이었던 해연에게 몰려 닥친 불행은 어머니의 '만성 우울증'이 그 시초였다. 말미암아 부모의 부부관계에 심각한 불협화가 생기게 되고, 통영으로 거주지를 옮긴 아버지는 바다낚시에 몰입하다가 파도에 휩쓸려 죽게 된다. 오 마이 갓! 죽음의 코드가 곳곳에 도사리고 있다. 죽음보다 더 절망적인 극단이 따로 있을까.

단순히 개인의 죽음만 있는 것은 아니다. 성수대교가 무너져 내린 한 세대의 절망적인 종언. 집단 학살을 당했던 제주라는 섬에 유령처럼 떠도는 죽음의 혼령들……

그러나 그들은 바다를 사이에 두고, 죽음에서 재생의 에너지를 낚아 올린다. 아버지를 따라 낚시를 했던 해연과 낚시에 몰입하고 있는 영빈에게 서로 교감을 나눌 수 있는 모스부호 같은 것은 물고기 낚시였다. 감성돔, 흑돔, 돌돔, 벵에돔, 흑가시치…… 서울에 있는 해연과의 교통은 영빈이 낚아 올린 고기를 통해 꾸준히 이뤄지고. 마침내 욕조 가득 물고기를 잡아 올린 날. 그 욕조 속에 몸을 담근 뒤의 해연과의 관계를 통해 새 생명을 잉태하게 된다. 뭐랄까? 물고기는 시적으로 독해하자면 존재의 의미가 퇴락한 인간과 새로운 재생의 에너지로 충만한 바다를 이어주는 매개물 정도?

아 참! 작가 윤대녕은 386세대, 1962년생 81학번이다. 작품 속 인물도 마찬가지. 호랑이띠. 그래서 제목을 에둘러서 말할 수 있기도 하단다.

호랑이는(소설가는, 작가는) 왜 바다(제주도)로 갔나?

대답은?

왜 가긴…… 소설 쓰려고 갔지.

최진영, 『당신 옆을 스쳐간 그 소녀의 이름은』

이기와 욕망에 빠져 있는
세상의 모든 어른들에게

잘 읽힌다. 잘 읽히는 것이 과연 문학성을 담보하는 것인지의 여부는 판단이 쉽지 않다.

서사만으로 잘 읽히는 것도 아니고, 그렇다고 무슨 그럴싸한 감수성으로 무장을 해서 예리하게 가슴을 콕콕 찌르는 것으로 독자를 유인하는 것도 아니다. 열 살 남짓 어린 화자의 천진한 시선으로 모순과 부조리로 뒤엉킨 세상을 정말 아무렇지도 않은 듯, 그러나 가슴 아프게 짚어낸다. 쉽고 간결한 문장으로도 이야기를 이토록 잘 이끄는 힘이라니.

어제저녁 7시 30분에 시작한 읽기는 10시 50분경에 끝이 났다. 결코 적지 않은 분량이었음에도 줄기찬 가독성. 내겐 미덕이다. 그 세계 속에 몰입할 수 있었으니까.

시대나 역사의 문제를 과장해서 넣지 않았다. 어찌 보면 다분히 상투적인 구석이 있지만, 소외된 자들, 개인의 의지만으로 다 상쇄할 수 없는 불행한 삶을 살아가는 사람들에 대한 연민의 시선이 담겨 있다. 성장소설이라 할 수 있을까? 세상을 알아가는 주인공이니 그럴 수 있겠다. 하지만, 세상을 바르게 살아내겠다는 의지로 다시 일어서는 성장소설의 코스와는 다르게 소녀에게 세상은, 불행히도 더욱 위태롭고 가혹한 발견의 나날들이다.

> 깨달음과 후회는 언제나 뒤늦게 오니 일단 저지르고 보자는 생각으로 하루하루를 버텼지만, 결국 혼자 남아 날카롭게 비명을 지르고 내 상처를 내 혀로 핥으며 지나친 고독과 절망에, 굶주림과 공허함에 허덕이게 되는 것도 사실이었다.
>
> - 최진영, 『당신 옆을 스쳐간 그 소녀의 이름은』, 한겨레출판사, 250쪽

'당신'은 누구인가? 그 소녀가 '스쳐 간'의 과거형이 되도록 방관하고 짐짓 모른 척했던 이 소녀의 이름이나 제대로 알고 있었던가? 묻는다. 이기와 욕망의 주술에 빠져 주변을 돌아보지 못하고 있는 세상의 모든 어른들에게.

신경숙, 『작별 인사』

사랑이 다시 올 수 있을까

　신경숙의 '작별 인사'는 흡사 고전 소설의 인귀 교환 설화를 연상케 한다. 1인칭과 3인칭이 뒤섞여, 이미 유명을 달리하여 바다까지 육신이 떠내려온 나 M.

　사랑을 잃고, 아니지 현실에서 사랑을 이루지 못한 M은 지구 반대편 나라인 칠레를 향해 무작정 떠나 있다가 돌아온다. 과거를 잊고 새 출발을 다짐하려는 여행. 지리산이었다. 저런! 그만 지리산 계곡에서 기습 폭우를 만난다.

　기억한다. 1998년도 무렵이었다. '게릴라성 기습호우'가 덮쳐, 수많은 야영객들을 죽음으로 내몰았던 그때의 일을. 개중 일부 사체는 사천만을 거쳐 남해까지 떠내려갔다지. 그 후로, 지리산 계곡이며 주요 야영지 근처엔 대피방송용 스피커가 흉물스럽게 주렁주렁 달리곤 했었지. 그 사건이 이 소설 창작의 모티프가 되었구나.

　M은 새로운 생에의 의지를 자축하려 여행지를 저울질하다가 이 지리산 물가를 찾은 것이다. 다시 사랑하게 되면 이전 사랑에서 겪었던 아픔과 외로움이 모두 사랑이었다는 것을 받아들여야 하겠

다는 생각을 하는 도중에 느닷없는 물줄기가 삽시간에 덮친 것이다. 재생인 동시에 죽음인 물.

T네 집에 L과 A와 Y, J 그리고 기선생이 모이기로 한 날이다. M은 검은 배에 닿기 전에 그들에게 '작별 인사'를 위해, 상처투성이의 육신을 두고, 영혼만으로 T네 집으로 날아간다. 영화 '사랑과 영혼(원제 〈Ghost〉, 미국 영화, 1990년)'의 설정과 같다고 할까?

화가며 소설가인 '기선생'만이 익명에서 살짝 비켜 있을 뿐, 등장인물들의 이름은 한결같이 익명이다. 저마다 부표처럼 떠다니는 시간을 살아가는 현대인들의 의미일 수도 있겠다.

모임에 늦는 M이 지리산엘 갔다는 소식을 뒤늦게 접한 일행들은 모두, 이미 접한 뉴스의 '지리산 폭우'를 떠올리며, 불길함과 불안에 잠긴다. 그 불안함은 베란다 밖을 바라보는 A의 시선으로 이어져, 맞은편 12층 아파트 남자의 하염없는 불길한 응시에 마음을 떼지 못하는 것으로 이어진다.

나, M은 유부남인 '홍', 그 현실의 모순을 넘어서도 사랑하리라 의지의 날을 세웠으나, 기어이 시간 앞에 그 의지를 꺾고야 만다. '어떤 사랑이든 아무 변화 없이 3년 이상 지속되기는 힘든 것이다.'

소설 속에서 구체적으로 제시한 시간이 3년이었다. 3년이란 숫자의 의미는 소설 속 인물이 한 사람을 사랑했던 기간만을 의미하는 것은 아니리라. 12달의 세 번 반복, 이런 숫자적 의미 말이다.

변화. 그렇지 사랑이란 박테리오파지가 영양을 얻고 뿌리를 내려 포자를 번식시키기 위해선 숙주가 필요한 것. 사랑에게 숙주는 무엇쯤 될까? 결혼? 생활? 일상?

그러나 참으로 사랑이란 박테리오파지는 까탈스러운 생장 조건을 가진다. 아무 숙주에게서나 쉬이 뿌리를 내리지 않으니 말이다. 칠레에서 만난 '로베르또'는 이전의 '홍'에게서는 얻을 수 없는, 번식을 위한 모든 헌신적인 조건들을 갖추고 있음에도, 나는 그를 숙주로 삼지 않는다.

영혼으로 T네 집에 당도한 나는 여러 친구들을 바라보며, 꼼꼼히 이승에서의 만남, 그 여운들을 정리해 나간다. 작별할 준비가 되어 있지 않은 정겨운 친구들에게 M 혼자서 말이다. 그 작별은 건너편 아파트 12층 남자의 투신자살과 같은, 전혀 예기치 못한, 삶과의 파국. 그러나 그렇게 생생하게 교감하던 사람들과의 만남이 어느 한순간의 휩쓸림으로 이렇게 영원한 이별이라니…….

전기가 나간 집에 끊어진 퓨즈를 다시 갈아 끼워 전원이 들어오게 한다든지 먹통이 된 컴퓨터를 바이오스 설정을 통해 새로이 부팅시킨다든지 하는 '재생'의 장치와 기능이 유독 이 대목의 사람에게서만은 없다.

혹시 파국이 분명해 보이는 사람들이 꿈꾸는 사랑, 만남, 재생의 꿈은 그리될 수 없다는 절망적인 현실과 인식이 빚어낸 신기루 내지는 부여잡는 마지막 지푸라기 같은 절규의 다름 아니었을까?

그 누구도 영혼인 나의 존재를 인지하지 못하나, 일찍 자리를 뜬 기선생을 배웅하러 나서자 룸미러를 통해 기선생은 내게 말을 건넨다. 나지막한 목소리로 기선생은 비에 젖은 남방 윗주머니에서 담배를 꺼내 불을 붙여 깊숙이 한 모금 빨아들이며 흡사, 살아 있는 사람처럼 자연스러운 작별인사를 나눈다. 작별 인사를 하러 와서 고맙다고 말하면서…….

시월의 마지막 날을 하루 남겨둔 토요일 오후. 옅은 구름이 드리워져 있고, 도서관을 다녀온 할 일 없는 시간이 느릿하다. 한결 풀어진 날씨에도, 그 뜨겁다는 영혼을 담고 있는 내 육신은 거듭, 시리기만 하다.

이승우, 『식물들의 사생활』

사랑 참 어렵다

독서, 특히 소설 읽기에서 읽기의 지속성을 갖게 하는 첫 힘은 문체다. 그다음으로 지속과 긴장을 유지하게 하는 힘은 응당 서사성이고.

이승우의 소설은 먼저 문체의 번뜩임으로 다가와서 서사의 얼개로 독자를 사로잡는다. 그의 소설 '생의 이면'을 읽은 것이 거의 10년에 가까운 듯하다. 그 무렵엔 책에 대한 식욕(?)이 비교적 왕성했던 때라, 이것저것 가리지 않고 곧잘 읽곤 했었다.

하지만 노안이 찾아들면서 시력에 혐의를 돌리며, 책 읽기는 다소 무뎌지고 만다. 그리고 입맛(?)도 까다로워지는 것을 느끼게 된다.

어쩌다 도서관 신간 코너에 오랫동안 함께 했던 작가들의 새 책이 꽂혀 있을라치면, 오랜 벗을 만난 것 같은 반가움에 와락 그를 껴안는다.

그러나 몇 페이지를 넘기도 전에 그 반가움은 스르르 맥이 빠지곤 하는 것은, 세월과 더불어 그들의 문체도 신선함을 잃어버린 탓이다(물론, 내 독서욕이 떨어진 것이 먼저이긴 하지만). 실명을 거론하는 것이 조금 그렇긴 하지만, 은희경이나 전경린 같은 작가의 글들이 그랬다.

'식물들의 사생활'

'식물'들이라 하였지만, 범주를 좁혀보면 '나무'이고, 좀 더 구체적으로 말하면 '물푸레나무, 때죽나무, 야자나무' 들이다.

나무들에게 새긴 상징성이 제목 속에도 함유되어 있다. 그리고 그것을 굳이 인간의 욕망이라고 이름 붙였어야 하나? 하긴, 산다는 것 자체가 어떤 의욕, 어떤 욕망의 추구 과정이긴 하지만.

사랑 이야기다. 나무들에게 새긴 상징처럼. 그러나 보편적이지도 평범하지도 않은 상황과 사람들의 사랑 이야기. 이 이야기는 두 개의 층으로 나무뿌리처럼 얽히고설켜 얼개를 이룬다.

어머니를 중심으로 '숨김' 채널이 있고, 표면에는 나와 순미, 그리고 '형'을 둘러싼 사랑과 욕망 그리고 외적 세계와의 갈등을 둘러놓았다.

순미와 형의 아름다운 사랑을 용납하지 못하는 외적 세계는 흘리듯 서사된 억압적 현실과 그들의 사랑을 시기하고, 욕망하는 '나'와 '순미 형부'다.

이부(異父)동생인 "나(아버지가 다르다는 것은 작품 말미에 '나'가 알게 됨)"의 그것은 카인과 아벨의 원형을 닮았다고 생각했다. 어느 모로 보나 서술자인 '나'보다 우월했던 '형'에 대한 동생의 열등감이 시료가 되어, 순미의 노래와 순정이 형에게 바쳐지는 것을 질투하고 그것을 '나'의 것으로 쟁취하고자 하였다.

그러나 그것은 부당한 횡포로 행해진다. 몰래 편지를 훔치고 사진을 훔쳐 나오며, 심지어 형의 사회적 자아의 창구인 '사진기'를 훔쳐내는가 하면, 나의 훼방과 합세한 억압적 사회현실이 폭압을 쏟아붓는다(내가 형의 카메라를 훔쳐 팔았고, 그 카메라에 담긴 필름으로 형은 불온한 자로 끌려가 강제 군 복무를 당하고, 결국 폭발 사고로 불구자가 된다).

그뿐인가, 거기에 순미 형부의 욕망과 횡포가 합세하여 두 사람의 사랑은 불모가 되고 그들의 삶마저 황폐해진다. 형이 꿈꾸던 사랑은 이제 실현 불가능한 욕망으로 어느덧 자리를 바꿔버리고, 내재되어 있던 욕망은 비정상적인 '발작'의 형태로 나타나면서 내면과 외면의 황폐는 극에 달한다.

다른 한 층은 어머니를 중심으로 펼쳐진다. 권력자의 비서관이었던 남자와의 순결한 사랑 역시 외부의 횡포에 의해 처절하게 차단되고 유폐되어 남자의 삶은 불구가 되고, 여자인 어머니는 평생 그 사랑의 고통으로 아버지와의 식물적인 부부관계로 청춘을 유폐(幽閉)시킨다.

'나'로 하여금, 어머니의 과거를 찾아 알도록 하고, 불모화된 형의 사랑을 회복시켜 구원의 가능성을 모색하는 것으로 서사는 다시 변주된다. 그러나 현실적으로 불가능하고 상처 입은 사랑은 결코 치유나 회복도 쉽지 않은 것이 또한 현실이다.

그래서 그 회복과 치유의 욕망을 상징으로 형상화한다. 바로 여기서 '나무'가 등장하는 것이다. 물푸레나무와 때죽나무, 그리고 야자나무. 물푸레나무와 때죽나무에서 드러낸 나무들의 사생활, 즉 세간의 눈으로는 포착할 수 없는 뿌리 아래 엉켜 있는 은밀한 욕망들.

그리고 '남천'이란 다소 비현실적이고, 유토피아적 공간 설정하여, 더 비현실적인 야자나무 씨앗의 발아와 생장들을 통해, 현실에서 이룰 수 없는 사랑으로 상처받고 고통스러워한 영혼들에 대한 주술과 치유를 시도한다.

사랑이란 무엇인가? 사랑이란 식물은, 혹은 나무는 어떻게 발아하고 자랄 수 있는가? 가능한 사랑은 무엇이고, 그럼에도 불구하고 불가능한 사랑을 꿈꾸고, 그를 위해 몸을 던지는 사람들의 생은 도대체 그 어느 지점에 의미를 부여해야 하는가.

삶과 사랑 그리고 욕망이라는 부정적인 이름으로 명명되는 사랑의 한 하위 갈래 혹은 범주 밖의 사랑.

사랑…… 참, 어렵다.

최지월, 『상실의 시간들』

죽음을 통해 삶을 말하다

　우리 의식에서 애써 외면하거나, 보이지 않는 한 귀퉁이로 밀어내고 싶은 것이 있다. 하지만 그는 하릴없이 문구점 앞에 놓인 두더지 게임기의 두더지처럼 불쑥불쑥 머리를 내밀곤 한다. 그것은 바로 죽음이다. 일주일 새에 4건의 부음이 들려왔다. 고령의 노인들이 셋이었지만, 불과 몇 해 선배인 한 분도 있었다.

　1년 6개월 전쯤 어머니가 돌아가셨다. 아흔을 넘기셨으니 천수(天壽)를 누리셨다거나, 복 노인이셨다거나 하는 위로의 말들을 주변에서 하였지만, 영원한 이별이란 것이 그리 쉬울 리 없다. 죽음 그 자체보다 더 고통스러웠던 것은 그에 이르면서 소멸해가는 육신과 정신의 고통에 대한 경험이었다. 또한 그것이 그 누구도 피할 수 없는 인간의 몫이라는 인식으로 보편화되어 내면화되는, 엄혹한 이중의 통증까지 겪었으니까 말이다.

　소설 속 서술자의 어머니는 심장에 문제가 있긴 하였지만, 그다지 많지도 않은 나이에 급작스러운 죽음으로 남겨진 세 명의 딸에게 현실에서 감당하던 어머니의 몫과 부재로 인한 혼란스러움의 유산을 떠안겼다. 그러나 그보다 더 문제는 그로 말미암아 비틀거리는 아버지의 삶이었다. 죽음을 그저 감상적으로 슬픔만으로 운운하는 것이 아니라, 그것이 도미노처럼 간섭해 버린 일상의 모습을 이렇게나 섬세하게 기록하다니. 화장기를 싹 빼버린 일기거나, 다큐 기록물 같은 소설이었다.

어머니를 여읜 아들의 입장에서 소설 속 '나'와 동류의식에 빠지기도 했지만, 어머니 없이 식사라든지 일상적인 것들을 제대로 꾸려가지 못하는 바보 같은 존재가 되어버린 남겨진 아버지는 현실 속에서 남겨진 나의 아버지가 아니라, 어쩌면 나의 먼 미래 모습의 일부라도 되어버린 양 차갑게 오버랩 되기도 하였다.

그 세대의 방식으로 생활해 오면서 충실한 사회적 존재로 또한 약간의 오랜 가부장적 문화의 유산을 일부 계승한 케케묵은 세대의 아버지는 딸들에게 애틋하지만, 진심으로 사랑받지 못한다. 또한 어쩔 수 없이 딸들 삶에서 짐이 되어버린 존재이기도 하다는 인식은 그 아버지에 대한 동류의식의 소산이기도 하다.

삶과 꼭 닮아 있는 죽음, 죽음과 한 몸처럼 이어진 삶의 모습. 두 개의 층이 이 소설 속에 들어 있다. 정녕 외면하고 싶은 것이다. 내 것이 아닌 양 짐짓 모르는 체하고 살아간다. 그러나, 그 녀석은 똬리를 틀고 있다가 어느 순간에 날름 혀를 내밀며 달려들 것이다. 이 숨겨둔 생각들이 인간들의 삶을 간섭한다.

온전히 잊거나 떨쳐 내버릴 수 없다면, 방법은 하나다. 그래……인정하는 것이다. 시큰둥하고 너절한 오래 닳은 인식이지만, 결국엔 우리 모두 영원할 수 없고, 그것을 받아들일 수밖에 없다는 것 말이다.

어떤가? 천상병식의 은유. 하늘로 돌아가리라며, 지상에서의 날들을 아름다운 소풍을 끝내는 것으로 표현한. 그러나 천상병식의 은유가 스스럼없이 아름다운 시가 되기 위해서 넘어야 할 산이 찾아오기도 한다. 잦은 병원행과 누군가의 보살핌을 받아야 하는 일상과 스스로 책임질 수 없는 삶이 숙제처럼 가족에게 분담될 때, 남은 가족들 저마다의 계산과 변명과 자기 합리화가 그들 삶을 지키는 수단이 되려고 할 때는 말이다.

이 소설 속 죽음은, 그런 현실적이고도 대책 없는 삶의 산에 가로놓여 그저 울고 싶은 마음으로 독자들의 머리채를 잡고 흔든다.

죽음을 통해 삶의 본질을 갈파한 소설.

양헌석, 『아메리칸 홀리』

전도된 가치의 세계 속에서
전도된 인간의 내면 그 어두운 그림자

낯선 작가였고, 제목에서는 추리소설 부류가 아닐까 하는 의구심까지 들어 서가에서 대출기기까지 운반을 머뭇거렸던 책. 그러나 단숨에 읽었다.

서사성과 문체는 물론 섬세한 심리 묘사에 주제의식까지 다소 선뜩하게 와닿은 소설. 양헌석의 '아메리칸 홀리'.

소설 초반부를 읽어나가면서 제목의 뜻을 마음대로 유추했다. '아메리칸'은 당연히 '미국인'으로 '홀리'? 홀리는 'Holigan(무리 지어 폭력을 저지르는 이)'으로 생각해서 미국인이 벌이는 테러리즘을 말하는 것일까? 정도로 생각을 했었다(실제 소설 속 주인공은 아킬레스건이 절단되는 테러를 당하기도 하여, 이 부분을 읽을 때까지 제목에 대한 내 유추가 맞나보다 했다).

하지만 '아메리칸 홀리'는 잎에 뾰족한 가시가 난, 우리나라에서는 '호랑가시나무'로 일컫는 식물이다. 주인공의 내면 상태를 상징적으로 드러내는 소재로써, 그가 상담을 받는 정신병원 앞에 서 있는 나무이기도 하다.

창밖에 바람이 부는지 아메리칸 홀리의 잎사귀들이 흔들린다. 내려진 블라인드 바깥 편에서 무수한 그림자가 불온하게 일렁이는 것이 느껴진다.

- 양헌석, 『아메리칸 홀리』, 문학동네, 101쪽

크리스마스나 씰에 자주 등장할 정도로 성스럽고 사랑과 축복의 이미지로 쓰이는 그 잎사귀에서 추출해 낸 경계심과 불온한 그림자는 그대로 주인공의 내면을 드러내는 묘사이다.

뉴요커, 맨해튼의 주류사회에 성공적으로 진입한 듯 보이는 이민자의 겉모습 그 이면에 도사린 그림자는 무엇이란 말인가?

책 바깥의 내 이야기다. 예전 재미교포라는 타이틀 하나만으로도 그 존재가 우러러 보이던 판타지 시절이 있었다. 영화 속 주인공 같았고, 도무지 우리와는 다른 차원의 세계에서 특별한 삶을 살아가는 사람같이 느껴지던 그런 시절. 포장된 자본주의의 표면만이 삶의 가치로 우선되던 시절의 그 숭배의식(?)은 현재도 진행형인 것일까?

사업 실패로 미국으로 이주했던 집안 형님의 고난에 찬 이민 생활과 간난(艱難) 그리고 쓸쓸한 부음을 접한 것은 이태쯤 전이었나. 그리고 30년 전쯤에 역시나 미국으로 건너갔던 친구의 귀국에 대한 갈망과 이국 삶의 고단하고 쓸쓸한 살이에 대한 토로를 최근에 들었다. 게다가 비록 픽션이라고는 하나 이 소설 읽기까지 합세되어 오래 지속되어 오던 재미교포 판타지는 급기야 지상 세계로 내려앉고야 말았다. 되려 끊이지 않는 인종 혐오 사건, 반이민정책 등의 뉴스는 차가운 현실을 그대로 알게 해 주는 현주소가 되기도 하였다.

이 소설에서는 그런 이민자들의 아픈 편린을 드러내는 것은 물론, 교민들끼리 그 속에서 술수와 배신과 사기 등을 일삼는 추악한 한국인들의 민낯까지 드러내 보인다.

한국의 지식인이 미국의 심장부인 뉴욕에 살아가면서 경쟁자들을 이겨내지 못하면 결국 도태되는 것은 자신이라는 처절함의 인식을 갖는 순간, 보이지 않는 가시들로 자신을 중무장하게 된다. 결국 생존이 선이고, 경쟁에서 지는 것이 악이 되는 형국이다. 여지없는 자본주의 경쟁 정글에서 살아남기다.

주인공은 자신의 생존, 혹은 존재 가치에 조금이라도 위협이 될 만한 요소나 사람들에겐 가차 없는 맹수의 손톱과 이빨을 드러낸다. 그가 아무리 선량하다 한들 상관없는 일이다. 그 선량함이 자신을 지키지 못하는 것은 무능이고, 그것은 그에게 악이어서 도태되어 마땅할 이유가 되고 그런 인간을 가해하는 것에는 하등의 가책을 느끼지도 않는다. 악이 스스로의 내면에서 합리화되는 심리 묘사의 과정이 압권이다.

선과 정의는 어디에 있는가? 결국은 악이어도 강한 자가 지배하고 승리하며 그것이 선이 되고 정의가 된다. 전도되고 왜곡된 가치를 신념화하며 행동으로 옮기는 주인공은 전형적인 사이코 혹은 사이코패스다. 이 가치는 단순 논리 대입이 될 수도 있지만, '미국'

식 정의의 논리와도 비슷한 모습을 지녔다.

그런데 작가는 이 책을 통해 외적 대상과의 투쟁만을 그려낸 것은 아니었다. 결국은 한 자아의 내면 속이다. 전도된 가치의 세계 속에서 전도된 인간의 내면 그 어두운 그림자. 어떻게 싸워 이겨낼 것인가. 진정한 삶이란 무엇인가. 하는 물음.

내려진 블라인드 바깥 편에서 아메리칸 홀리의 무수한 그림자가 불온하게 흔들리는 것처럼.

전경린, 「아무 곳에도 없는 남자」

사랑과 삶이라는 가장 보편적인 화두에 대한
또 다른 하나의 길찾기

이 계절의 끝자락을 치닫는 것일까요? 중부지방으론 큰 눈이 온다지만, 이곳으로는 늦은 밤 시작된 비가 오전 깊숙한 시간으로까지 행보를 이어가고 있습니다.

전경린의 소설 '아무 곳에도 없는 남자'의 마지막 장을 덮었습니다. 1997년에 발간된 전경린의 소설을 안 읽었을 리 없을 거야. 게다가 제목까지도 낯익어 읽은 책일 거라고 생각했지만, 도서관에서 이 책을 다시 대출해 온 것은 소설다운 소설, 즉 문체와 서사 그리고 명한 정신에 찬 바람을 쐬는 것 같은 예리한 표현들이 그리워서였습니다.

얼마 전에 읽은 신인 작가의 장편 한 권은 나름의 문장력은 있었습니다만, 도무지 공감할 수 없는 다른 세상 이야기를 다룬 것이었습니다. 하긴…… 인간의 눈으로 보고 인식할 수 있는 세상이란 것이 존재의 모든 것을 증명할 수 있는 것의 전부는 아니겠지요. 질병, 느닷없는 사고, 자연재해, 삶과 죽음 등등이 그러하듯이.

그 소설에서는 바닷속 세계에 대한 이야기였죠. '우토'라나……

피노키오가 고래 뱃속에서 살아남았듯이. 그러나 동화가 아닌 좀 더 이성적이고 철학적인 의미를 조합해서 설득력을 얻고자 하였고, 나는 끝까지 동의해 주려고 노력했습니다만, 두꺼운 소설 말미에서 그만 낙마하고 말았답니다.

전경린의 소설은 신간이든 구간이든 읽지 않은 것이 없다고 생각했지요. 반가운 신간이 눈에 띄면 헤어진 옛 친구를 만난 것처럼 들뜨기도 했지만, 아쉽게도 문체도 예리함도 사람의 나이와 함께 늙나 봅니다. 10여 년 전에 만났던 그녀의 작품들과는 다르게 날이 무뎌져 있어 맥이 빠지곤 했답니다.

전경린 작가의 초기 작품에 해당하는 이 책을 읽어 본 것이 맞네요. 작품 속 내용들이 쪽을 넘길수록 생생하게 재생이 됩니다. 보통 이런 장면에 부딪히면 기억력의 부족을 자책하며 책을 집어던지기 마련입니다만, 어쩐 일인지 읽어나가며 처음 읽은 작품처럼 몰입하게 되고, 심지어는 아껴 읽고 싶은 생각까지 들었답니다. 내가 이 작가의 문장들을 많이 좋아하는구나 하는 것을 느꼈지요. 새삼, 문체와 수사(修辭)가 얼마나 글을 빛나게 해 주는 요소인지를 깨닫습니다.

한 시대의 종언. 그리고 그 시대를 자신들의 소신과 열정으로 살았으나, 변해버린 현실과 그로 인한 불화로 끔찍한 현실의 고통에서 헤어나지 못하는 사람들의 이야기쯤으로 쉬이 읽을 수 있는 이야기. 하지만 그것은 1980년대라는 시대의 한 장면을 딱 짚어서 말한 것만은 아니라고 생각합니다. 물론 이 소설에서 등장하는 인물들의 이력만으로만 본다면 1980년대 노동운동의 후일담쯤으로 읽을 수도 있겠지요. 그런 서사로 본다면 그저 그렇고 그런 상투적인 소설의 한 부류로 읽힐 수도 있겠죠.

그렇다고 딱히 이 소설의 뭐 엄청나게 감동적이다. 대단한 소설이다. 이렇게 느끼거나 말하려고 하는 것도 아닙니다. 뭐랄까요. 사랑과 삶이라는 가장 보편적인 화두에 대한 인상적인 또 다른 하나의 길 찾기?

거기에 작가의 날카로운 감성과 문체가 버무려진 작품. 이 정도입니다. 사실, 이런 정도의 작품을 만나는 것도 쉽지 않습니다.

천명관, 『고래』

가끔 생각이란 생각은
모두 제거해 버리고

책 뒤편의 평론가들이 거품을 물었다. 저널리즘에 회가 동한 바 있어 겹장단을 치는 것인지, 진짜 소설계에 '대물'이 나타나기라도 한 것인지 호들갑이 이만저만 아닌데…… 난 여태 왜 몰랐지?

천명관의 소설 '고래'를 두고 한국 문단에 드디어 서사를 복원하는 새로운 작품이 나타났다고도 하고, 소설이 갈 수 있는 최대 영역으로, 소설의 영역을 훌쩍 뛰어넘어 또 다른 공간으로 들어갔다고도 한다.

또 다른 한편에서는 그 서사의 깊이 없음과 그 문장의 허무맹랑을 두고, 문학 본연을 조소하는 것이 아니냐며 의혹의 눈길을 던지는 축들도 있는 듯하다. 어쨌거나, 읽어보고 나니 두 가지 관점에 다 일리가 있어 보인다.

두꺼운 책이다. 쪽수 늘리기 위해 잔재주를 부리지도 않았다. 400쪽이 훌쩍 넘는다. 그럼에도 이 책을 붙잡게 하는 힘은 마력에 가까운 서사의 힘이다. 그것도 천연덕스러운 능청, 구라(여기선 '이야기'란 말보다 속되지만 '구라'란 말이 더 어울릴 듯)를 동반하는 서사다.

오히려 반듯한 현실적 얘기가 나오면 더 이상하게 느끼도록 독자를 원격 조정하기까지 하니. 이거야 원.

문학동네 소설상 수상작이라는 타이틀이며 우수문학 도서 글자가 박힌 딱지는 비켜 가기 힘든 유혹이었다. 그것이 이 책과 마주하게 된 첫 이유였다.

평론가, 혹은 심사위원들 꽤 당혹하게 하였겠구나 생각하였다. 그런데 그 당혹감이 오히려 수상의 이유는 아니었을까 하는 생각도 하였다.

정통 소설의 기법을 비웃는다. 전지적 시점을 넘어서서, 무성영화 시대 변사를 찜 쪄 먹고도 남을 현란한 혓바닥이 요즘 아이들 말로 장난이 아니다. 독자를 들었다가 놓았다가 해도, 이 무슨 해괴망측한 언사냐고 노발대발할 수도 없도록 단숨에 기를 꺾어버린다. 독자들이여 잠시만 기다려 주시라며, 연신 이 능글맞은 변사는 작품 내외를 넘나들기도 하면서.

3대에 걸친 파란만장하면서도 입체적이었던 여인들의 생애는 내가 말하기엔 너무 골치 아프니깐, 전문 비평가들에게 분석을 맡겨두는 게 낫겠다.

어디서 이런 능청스러운 서사를 보았더라? 맞다. 중국 작가 '쑤퉁'에게서다. 손가락, 젖가슴에도 눈물을 흘리고, 중국에는 그 눈물이 만리장성도 허물었다는 세기 최대의 '구라'. 그 너스레와도 견줄만한 소설이다.

그래서 뭐가 어쨌다는 건데? 이 부분에 대해서는 좀 '멍~' 해진다. 아, 그러나 너무 말하고자 하는 주제가 선명하고, 드러내고자 하는 것이 너무나 분명하여, "빌어먹을 누가 그런 거 모른대? 왜, 소설까지 따라다니며 잔소리하는 건대……"라며 핏대를 올릴 만한 사람에겐 더없이 좋은 소설이다.

가끔, 생각이란 생각은 모두 제거해 버리고 평대(소설 속 주요 배경이 되는 곳임)에 무성한 개망초꽃 무리진 속에 하릴없는 시간을, 하염없이 배회하는 것 또한 소설 읽는 자의 축복이 될진저…….

피터 매티슨, 「신의 산으로 떠난 여행」

'지금 이 순간'에 대한 마음

쉬이 읽히는 책은 아니었다. 역자에겐 미안한 말이지만, 번역상의 문제는 아니었을까 하고 의구심을 가져보았다. 아니면, 서구인임에도 불구하고 그가 가진 종교적, 불교적 관점이 내게 쉬이 접근을 허락하지 않았던 것일까? 오래전에 한 번 빌렸다가 읽기를 그만두고 다시 빌려 읽은 책이다(사실, 도서관에 더 이상의 히말라야 관련 책이 없기도 했던 터였다).

자연과학자이면서 소설가며 탐험가인 피터 매티슨의 히말라야 여정을 다룬 책이다. 원제가 'The snow leopard', 즉 '눈표범'이다. 영화 '쥐라기공원'의 실제 모델이었다는 생물학자인 조지 샐러와 함께 신비의 눈표범을 보기 위해 떠난 여행이 프롤로그가 되고 이 책의 끊임없는 화두가 되지만 기실, 두 사람은 눈표범을 만나지 못하고야 만다.

어쩌면 눈표범은 우리가 이르고 싶어 하는, 만나고 싶어 하는 현실 너머의 초월적인 존재다. 생물학자야 눈으로 본 적도 있고 목격자도 있기에 이런 표현을 비과학적이고도 몽상가들의 음유하는 우물거림으로 비난할지도 모른다. 어쩌면, 히말라야에서 흔히 얘기되는 반인반수(半人半獸)라는 설인(雪人) '예티'도 이와 같은 존재는 아닐까.

룽다가 바람에 나부낀다. 그렇다면 움직이는 것이 깃발인가? 아니면 바람인가? 중국 선종의 6대 조사인 혜능은 둘 다 아니라고 했단다. 움직이는 것은 마음일 뿐이라는 것이다. 따라서 이 여행기는 눈표범의 족적을 좇는 자연과학도의 입장에서가 아닌, 존재의 근원을 찾고 자신을 찾아 성찰하는 내면 여행의 기록이라고 할 수 있는 것이다. 그래서, 역자가 새로 붙인 제목은 글쓴이의 의도를 너무 표면으로 드러낸 것이 되고야 말았지만, 단순한 여정 나열의 다른 여행기와는 차원이 다름을 역설하려는 의도 정도로 이해되기도 한다.

행복은 무엇인가? 진리는 어디에 있는가? 혜능 선사의 갈파대로라면 그 어디에도 없고 그 어디에도 있다. 왜냐하면, 마음에 존재하기 때문이다. 저자는 그러한 행복과 진리를 바로 바라보기 위한 방법으로 속된 삶의 집착에서 벗어나는 길을 제시한다.

석가모니는 인간 존재가 괴로움에서 벗어나기는 힘들며, 이러한 고통은 집착에서 비롯되며 진정한 마음의 평화는 이런 집착을 없앰으로써만 가능하다고 말하였다.

결국, 눈표범을 만나지 못하고 마치는 순례를 통해, 오히려 저자는 삶의 '지금 이 순간' 바로 여기에 존재하는 것이 행복이라는 지극히 평범한 진리를 깨닫게 된다.

지금 이 순간에 대한 마음 다함을 잃지 않는 법. 그러나 지극히 평범하고도 단순한 이 진리를 망각하고 나는 거듭 얼마나 허둥대길 곧잘 하는지.

히말라야에는 세상에 없는 어떤 강렬한 무엇이 존재하는 것일까? 결국 히말라야는 어쩌면 그에 이르는 혹독한 체험을 통하지 않고서는 좀처럼 그러한 명상의 상태에 이르지 못하는 우매한 우리에게 필요한 깨달음의 과정 정도는 아닐까?

릭 리지웨이, 『아버지의 산』

매일매일을 생애의
유일한 날처럼

인생이 짧기만 하다고, 세월이 너무 빠르기만 하다고 탄식을 늘어놓는다. 이제 올 한 해의 마지막 달 달력을 책상머리에 두고 세월의 빠름을, 덧없음을 버릇처럼 되풀이할 절기에 다시 이르렀건만……

어찌하면 이 탄식에서 벗어날 수 있을까? 해마다 되풀이되는 이물음에 대한 명쾌한 답변을 그 어디에서도 쉽게 찾을 길이 없다. 이건 어떨까?

"나는 하루하루를 생애의 유일한 날처럼 그렇게 살려고 노력할 것이다."

하루하루의 순간들을 이런 각성으로 살아갈 수만 있다면, 우리 삶이 끊임없이 던져주는 유한성, 그리고 그것에서 파생되는 제반 허무 따위에서 벗어날 수도 있지 않을까?

도서관에서 히말라야에 관련된 다른 책 한 권을 발견했다. 아버지의 산(Below another sky), 저자 릭 리지웨이(Rick Ridgeway).

1980년 10월 14일, 히말라야 민야 콘카를 등반하던 조나단이란 청년이 눈사태로 죽음을 맞이한다. 겨우 스물여덟의 나이로. 그와 등반을 같이 한 저자 릭 리지웨이는 극적으로 살아남는다. 다시 1999년, 20년의 세월을 거슬러 사고 당시 16개월이었던 조나단의 딸 '아시아'와 함께 그의 무덤을 찾아 90일간 히말라야를 순례한 산행기이다.

역자와의 친분이 있는, 리지웨이는 수많은 고산과 세계의 오지를 탐험하는 산악인이며 사진작가 그리고 다큐멘터리 영화 제작자이기도 하다. 그에게 조나단 라이트는 인생의 가장 큰 교훈을 준 친구였다고 술회한다. 다큐멘터리 제작자라는 직업상 혹은 이제 어쩔 수 없이(?) 그의 뒤를 따라다니는 알파니스트의 명예 때문이기도 하겠지만, 생애의 태반을 위험과 모험 속에 자신을 맡긴다. 그리고 그는 언제나 죽은 친구 조나단의 일기 속에 있던 '나는 매일매일을 내 생애 유일한 날처럼 살려고 노력할 것이다.'란 문장을 경구처럼 머릿속에서 떠나보내지 않는다.

딸과 함께 조나단의 무덤을 20년 만에 다시 찾으면서 같은 장소에서 그는 '다른 하늘(another sky)'을 바라보게 된다. 책은 한 편으로 아시아(딸의 이름을 아시아로 지은 것은 조나단의 불교 사상, 더 나아가 동양 사상, 아시아에 대한 애정에서 비롯된 것이다)와 90일간 오지를 거쳐 민야 콘카를 찾아가는 과정을 또 다른 한 편으로는 20년 전에 대한 반추, 그리고 다른 대륙의 산과 오지를 찾으면서 삶과 죽음을 넘나드는 경험을 오버랩의 방식으로 진행시켜 나간다.

자연 속에서 인생을 생각하고 바람, 나무, 바위와 같은 자연과 접촉할 것을 권유하는 소로우의 말을 인용하면서 저자는 자연과의 교감을 그 어떤 것보다 중요하게 생각한다. 그리하여, 어마어마한 장비와 가이드를 동원하며 천문학적인 돈을 쓰며 에베레스트 등정을 하는 등반을 경멸한다. 남에게 보이기 위한 허영기 섞인 등반은 진정한 알파니즘을 훼손할 뿐이라는 것이다.

'마치 선승(禪僧)이 활을 쏘는 것처럼, 호흡에 맞추어 적절한 순간에 활시위를 당기는 것에 집중하고, 잡념을 버림으로써 과녁을 맞히는' 것처럼, 과정에 충실하면서 거대한 자연 앞에 한없이 나약한 인간 존재를 겸허히 깨닫는 것이다. 그러나 그러면서도 끊임없이 도전하는 의지와 열정으로 이르는 것이 그에게서 산의 의미이다.

번역 제목인 '아버지의 산'은 조나단의 딸인 아시아에게 렌즈의 초점을 맞춘 것이다. 그러나 책을 중반으로 읽어 가보면, 아시아 역시 자연과 인간, 인간과 인간, 시간과 존재의 의미를 새롭게 새겨 주는 한 점일 뿐이다. '아버지의 산'이 제목이 되기 위해서는 아시아의 눈에 그려지는 '히말라야'여야 한다는 말이다.

전술한, 아시아와의 여정 중간중간에 그가 20년 가까이 등반 내지는 탐험했던 기록들은 이 책의 미덕이 될 수도 있고 약점이 될 수도 있는 것이었다. 20여 년의 시간을 영속적으로 살아왔다는 서사 구조의 연결 고리가 될 수 있는가 하면, 다른 한편으로는 여행기의 미덕(혹은 매너리즘이 될 수도 있겠지만)이 될 수도 있는 시간의 카테고리를 허물어뜨리는 산만함으로 작용할 수도 있는 문제였으니까.

히말라야는 낭만이나 모험이 아니다. '걸어서 히말라야'를 쓴 시인도 그랬다. 여행지에선 그 말 못 할 고통스러움에 '다시 히말라야에 오나 봐라' 하고 치를 떤다.

이 책에서 가까운 이의 죽음을 목격한 다른 산악인들도 다시는 히말라야에 오지 않겠다고 다짐을 한다. 그러나, 그들은 두 번이고 세 번이고 다시 히말라야를 찾게 된다.

그 까닭은 무엇일까? 그것은 현상학적으로 산의 높음과 그것에 대한 성취 욕구만을 의미하는 것은 아니리라. 바로, 인간 존재의 시원(始源)에 대한 끊임없는 물음과 그 해답의 과정을 좇는 유한한 인간 존재들의 고뇌의 몸부림은 아니었을까?

홍잉, 『굶주린 여자』

도대체 그녀에게 무슨 일이?

400여 쪽에 이르는 책장이 어느 사이에 다 넘어갔는지 모른다. 그 여자의 속삭임이 때로 환몽처럼 아득하게, 때론 내 귓가에 속삭이는 듯 생생하게 들려온다. 도대체, 그녀에게 무슨 일이 일어나고 있는 것일까?

중국의 한 소녀, 더불어 그의 가족과 가정의 이야기를 소박하게 그리고 사실적으로 서술한 소설이다. 게다가 제목과 표지의 어설픔이라니…… 이쯤이면, 편안하고도 넉넉한 마음으로 책장을 넘길 수 있어야 하는데, 왜 등줄기가 거듭 선뜩선뜩해지는 것일까? 차라리 슬픔이 거세되기라도 한 듯한 화자의 시선과 내면은, 책장을 넘길수록 더욱 냉정하고 사실적이어서 섬뜩하다고 말하는 편이 더 나을까?

도시의 변두리. 차라리 역겨운 냄새나 좁아터진 주거 환경은 그래도 견딜만한 것이다. 뱃속에서부터 친구가 된 것은 처절한 굶주림이었다. 그래도 차라리, 무엇을 먹지 못해서 생긴 육신의 배고픔은 나았다. 사생아로서의 자기 정체성과 주변 가족들과의 관계 속에 파생된 '정서적 기아'가 소녀의 내면을 황무지로 만들어 버렸다. 역사 선생님의 사랑을 갈망하되, 진정으로 받아들이지 못하고 생부의 존재를 인정하지 않음으로써, 그녀의 든든한 정서적 원군이었던 주변인들마저 마침내 황폐화시켜 버리게 된다.

한 소녀와 그 가정사만을 얘기하고 있는 것이 아니다. 기실 그를 통해, 현대사를 관통해 오는 동안 이데올로기에 광분했던 중국이라는 한 국가가 개인에게 강요했던 운명에 대한 서사적 기록이라 해야 마땅하다. 그들은 홍위병도, 반혁명분자도 아니었다. 아주 평범한 개인들이 운명이라고 하는 것에, 어떠한 선택의 여지도, 기회도 주지 않는 사회나 그러한 시대의 소용돌이 속에서 휩쓸리게 될 때, 그 운명을 향해 어떤 태도를 취해야 할 것인가? 누군가가 다가와 그 운명으로부터 구해주길 바랐지만, 그녀는 결국, 자신을 구원할 사람은 자신밖에 없다는 것을 깨닫는다.

애써, 설명하려 들거나 이해시키려 목청을 돋우지 않았지만, 나도 함께 그들 삶의 한 부분이 되어버린 듯한 동화를 겪게 된다. 그녀의 체험 속에 깃들이는 며칠은, 후회 없는 선택이 될 것이다.

김인숙, 『봉지』

존재에 구멍이 뚫렸다고?

홍잉의 '굶주린 여자'의 현실에서 미처 현재로 되돌아오는 출구를 찾지 못했던 탓일까? 그녀 '류류'의 눈에 비친, 예리한 감각의 섬모로 남김없이 포착되던 현실이 거듭 '봉지'의 활자 위에 겹친다.

하루를 사이에 두고 읽은 두 소설은 여러모로 유사한 점이 많았다. 성급하게 '성장소설'로 분류할 수 있고 비슷한 연령의 작가, 등장인물이며 질곡의 시대를 배경으로 하고 있다는 점 등.

그러나, 두 작품에 대한 느낌은 너무도 확연히 다르다. 동시대를 살아오면서, 사회 문화적 관성까지 공유한 내게 오히려 우리나라의 소설 '봉지'가 더 낯설게 느껴지고, 읽는 내내 나를 불편하게 만든 까닭은 도대체 무엇이란 말인가?

감히 거창하게 얘기하자면, 그것이야말로 개별성과 특수성을 상회하는 '문학의 보편성'을 획득했는지의 여부가 아닐까 싶다.

평범한 한 개인, 작가의 말을 따르자면 '언제나 그 자리에' 있던 한 소녀가 어떻게 주변 상황에 의해, 다른 자리로 옮겨가게 되었는가를 말하려 하는 것이라면, 이 소설 속의 시대 배경은 그저 진부한 장식에 지나지 않는다.

1980년대라는 거대 담론 내지는 거시적 서사의 시대를 어떤 방식으로든지 거쳐 나가기에, 그저 막연한 사랑과 미래에 대한 달콤한 꿈을 지닌 인물 설정은 평범을 넘어서 시대의 관점으로 본다면 우매함으로까지 비칠 수 있기 때문이다.

1980년대라는 시대 배경을 관통하는 소설이 보편적으로, 시대의 문제와 정면 대결하거나, 적어도 그와 관련된 의식을 가졌거나, 그런 의식과의 불화를 인식하는 정도의 인물 설정이 주류를 이루어 식상했다거나, 조금 지나친 표현으로, '범람'하였다는 견해에 혹시 공감한다면, 역설적으로 '봉지' 속의 인물 설정은 신선함으로 반전될 가능성도 있겠지만 말이다.

삶은 뜻하는 대로만 굴러가지 않고, 아무리 발버둥 쳐도 운명처럼 제 자리의 초라한 모습으로 돌아오게 되는 것을 말하는 책이라고 쓴 평론가의 견해 정도가 위안이라면 위안이 되었지만, 이 정도의 교훈이라면, 그 인물들을 배경으로 한 시대를 너무나 장식적으로 쓴 것은 아닐까 하는 아쉬운 뒷맛은 홍잉의 잔상에 부당하게 침해당한 소설가 김인숙의 억울함이 될 것인가?

한수영, 『공허의 1/4』

그들의 샹그릴라

소설은 여상을 졸업하고 아파트 관리사무소에서 7년째 일하고 있는 여주인공을 중심에 놓는다. 그녀는 뚱뚱한 데다가 무릎 관절염을 앓고 있고, 어려운 가정사를 멍에처럼 지고 산다. 아울러, 조금 모자라는 아파트의 허드레 일꾼 사내, 같이 길을 걷던 엄마를 사고로 잃은 뒤 자폐 증세를 보이는 초등학생을 그녀 주변에 배치시킴으로써 상처받은 영혼들과의 연대를 모색하고 있다.

평범하다 못해 다른 각도에서 보면 진부하기까지 한 소재와 주제를 가지고도, 치밀한 구성과 섬세하고도 치열한 문체로 풀어내는 작가의 능력에 빠져들지 않을 수 없었다. 그래서 예견되었던 비극적 파국조차도 쓸쓸하고 아름답다며 탐미적인 혼잣말을 내뱉게 하는 소설.

제목인 '공허의 1/4'는 사우디아라비아에 있는 '룹알할리'란 사막을 뜻한다. 소설 속 여주인공인 '나'는 성장 과정에서도 그랬듯이 성인이 되고 난 뒤에도 그 절망의 어둠을 마디마디 멍아주 나무뿌리처럼 툭툭 불거진 관절염과 더불어 지새고 있다. 쨍쨍한 햇빛이 자신의 관절낭에 들어차 있는 물을 말려 줄 것이라는 마지막 기대는 그녀 사무실 컴퓨터 모니터 배경화면을 석양 무렵의 룹알할리 사막으로 바꿔 놓았다.

그녀에게 '룹알할리'는 인도로 돌진해 온 차에 의해 곁에서 엄마를 잃은 뒤 자폐 증세를 보이는 소년의 '안드로메다'이기도 하다.

그녀는 그 사막에 가서 건조하고 뜨거운 그곳의 날씨가 자신 몸속의 습기를 말려주고 어긋난 뼈들을 제자리 잡게 해 줄 것이라는 소망을 품는다. 소년은 또한, 친한 친구가 자신의 엄마는 안드로메다로 돌아갔다는 자신의 말을 믿어 주지 않고 죽었다고 한 것에 화가 나서 그를 때리게 되고 타인과 더욱 담을 쌓게 된다.

상처 입고, 따돌림을 당하는 가엾은 영혼들에게 룹알할리는, 안드로메다는 바로 그들의 '샹그릴라'였다.

비극적 파국은 소위 세상이라는 '거대한 시멘트 덩어리들'과의 불화이며, 소통의 단절로 비롯된 현대인의 비극을 상징적으로 드러내는 것이기도 하다.

위화, 『허삼관 매혈기』

기억의 문을 두드리는 일

"지나간 삶을 추억하는 것은 그 삶을 다시 한 번 사는 것과 다르지 않다."고 마티에르(고대 로마의 시인)는 말했다. 글쓰기와 독서, 이 모두는 기억의 문을 두드리는 일과도 같은 것이다.

- 위화, 『허삼관 매혈기』, 푸른숲, 13쪽

저자는 이 소설을 통해 한 자락의 민요처럼, 많은 사람들의 기억을 불어 내오고 싶었다고 머리글을 통해 얘기한다. 아팠던, 슬펐던, 기뻤던 그 어떤 추억이건 간에 기억의 문을 두드리는 것은 다시 한번 삶을 살게 되는 것과 마찬가지란 얘기다. 허구의 인물을 통해 드러내는 소설이 그저 허구로만 읽히지 않는 것은 사람들 저마다에 깃든 기억의 분모를 공유하는 이유 때문이리라.

아팠던 기억마저도 다시 한번 사는 것과 같은 것이라고 한다면, 하물며 함께하는 사랑이라든지 공유하는 기쁨과 같은, 행복한 추억들은 말할 나위 있을까? 그것들이야말로 실로 엄청난 자산이 되고, 그 기억마저도 거듭 꺼내 써도 다함이 없는 영혼의 화수분이 되어줄 것 아닌가?

이번에도 중국 공산당 혁명과 문화 혁명을 배경으로 한 소설이다. 홍잉의 소설 '굶주린 여자'와 비슷한 시대 배경. 정직하고 성실하게 일해도 도무지 벗어날 수 없는 가난이라든지, 불합리한 이념이 삶을 맹목으로 끌고 다니며 휘두르는 몽매한 시대의 횡포는 여전하다.

시쳇말로 차, 포 다 떼고 군더더기 없는 이야기를 늘어놓는 작가의 구수한 입담이 단숨에 소설을 들이키게 한다. 온갖 수사를 동원하고 거기에다 철학적 관념적 형이상학까지 덧댄 소설을 읽고도 시큰한 감동을 얘기하면, 당신과 같은 우둔한 독자들의 능력 탓이라고 둘러말하는 작품들에게 이렇게 소박한 서술로도 많은 감동을 줄 수 있다고 일갈하는 통쾌함.

홍잉이 극사실적이고도 촘촘한 점묘화로 비극적 현실을 묘사했다면, 위화는 그 현실을 보다 담담하게 때로는 희극적 터치로 성기게 그렸다는 차이가 있을 뿐이다.

제목이 등장인물의 생을 축약해서 말해 준다. 허삼관이란 인물이 매혈, 즉 피를 팔아서 생의 어려운 고비들을 이겨나간다는 이야기이다. 무기력한 인물이 '매혈'을 통해, 근근 삶을 이어가는 얘기가 아니다. 한 번의 매혈은 6개월 이상 노동의 대가와 맞먹는 현실에서, 이 소설 속 그것은 무기력한 인물의 생계유지 방편만은 아니다. 죽어가는 아들을 살리고 가족애로 어두운 삶을 헤쳐나가는 등의 주변 인물에 대한 희생적 사랑의 의미와 다르지 않다.

생각해 보면, 참 무거운 삶의 장면들이건만…… 그 무거움조차도
어찌 이리 담담한 문체로 드러낼 수 있을까?

채만식, 「태평천하」

부조리한 세상을
절묘하게 돌려차기

"책 한 권을 다시 읽더라도, 한 줄 글로 표현해 보는 것이 독서를 완성시키는 길이다." 내가 학생들에게 곧잘 하던 말이었다. 오래전에 건듯건듯 읽었던 채만식의 '태평천하'를 다시 집어 들었다.

채만식의 대표적인 작품으로 알려진 것에 '탁류'가 있긴 하지만, 역시 이 '태평천하'가 절창임을 책장을 거듭하면서 느끼게 된다.

이 작품에는 무려 5대에 걸친 가족의 이야기가 등장한다. 이 소설의 주 인물인 윤 직원은 그의 아비 윤용규가 하늘에서 돈벼락을 맞듯이 한몫 잡아 일군, 그러나 그 재물 탓에 화적떼에게 비참하게 부친을 여의고서 우리만 빼놓고 다 망하라며, 세상을 향한 저주의 외침을 한다.

그런데, 일제의 침략은 윤 직원의 부를 지켜주고 화적떼 같은 불한당을 막아주는 정말로 고마운 것이었다. 그리하여, 아이러니하게도 윤 직원에게 일제 강점하의 비극적이고도 고통스러운 현실이 '태평천하'로 인식되는 것이다.

윤 직원 일가의 인물들은 거의 대부분이 비윤리적이고 반사회적인 인물로 묘사되는데, 일본에서 유학하고 있는 '종학'만은 이에서 제외된다.

경찰서장을 염두에 두고, 유학을 보낸 윤 직원의 바람은 물거품이 되고 만다. 만석지기의 최소한 삼천 석 이상의 재물을 물려받을 수 있는 종학이가 사회주의 운동으로 검거되었다는 소식을 접하면서 윤 직원의 탄식은 극에 달한다.

> "자 부어라, 거리거리 순사요, 골골마다 공명한 정사(政事), 오죽이나
>
> 고마운 세상이여? 으응? ……제 것 지니고 앉아서 편안하게 살 세상,
>
> 이걸 태평 천하라구 허는 것이여, 태평천하! ……"
>
> – 채만식, 『태평천하』, 문학과지성사, 275쪽

1930년대 말에 한국 사회는 일제 수탈과 착취에 의해 빈궁화 현상이 계속되어가고 있었다. 윤 직원은 일제가 조장한 상업자본주의에 기생하여 자신의 부를 착취와 수탈로 늘인 대표적인 인물이다. 작가는 작품의 전면에 이러한 부정적 인물을 내세워 왜곡된 사회와 인물을 조롱하고 있는 것이다.

표현상의 특징은 여러 차례 지적된 것처럼 우선 판소리의 수법이다. 판소리의 창자처럼 "-입니다"식의 경어체를 빌려 독자와 가까운 위치에서 작중 인물, 때, 작가와 독자라는 대립 구도를 유도한다. 이러한 문장의 특성은 독자는 작가와 한편이 되어서 작중 인물에 대해 우위를 지키며 편집자적 입장이 된다는 것이다. 이러한 점은

판소리에서 창자의 역할과 같은 것이다.

또한 여기에서 돋보이는 것은 반어를 통한 희화에 의한 풍자가 전편을 이루고 있다는 것이다. 겉으로는 추켜올리면서 동시에 내밀한 추악함을 여지없이 폭로시키고 있는 것이다.

부정적 성격이 강하면 강할수록 희화적 풍자는 더욱 강화되는데, 윤 직원은 바로 작품 속 풍자의 정점에 있는 인물인 것이다.

딱딱하다, 낯설다, 어렵다는 수식어와는 달리, 읽을만한 일제강점기의 소설이 여럿 있는데, 그중 우선 '태평천하'를 권하고 싶다.

미치 앨봄, 『모리와 함께한 화요일』

산다는 깨달음

'모리와 함께 한 화요일'을 이제서야 읽게 되었다. 한참 이 책이 베스트셀러로 사람들 입에 오르내릴 즈음에, 책방에서 이 책을 처음 집어 볼 기회가 있었다.

얇은 두께에 상업적으로 제본된 듯한 냄새. 그리고 출간 흥행을 알리는 잡다한 구절들이 눈에 거슬렸다. 몇 장을 넘겨 보았다. 도입부의 느슨함, 다소 교훈적인 듯한 딱딱한 느낌이 마지막 순간에 다른 책을 고르게 하고 말았다.

그런데, 이 책이 누군가에 의해 내게 보내어졌다. 그 배려에 담긴 다사로움을 헤아린 이상, 더 이상 미룰 이유가 없었다. 하루 오전 두어 시간이 읽기 시간으로 쓰였을 뿐이었다.

그 속에 때로 찬란한 한두 마디 밑줄을 그어 놓고 귀감으로 삼을 만한 경구들은 많았지만, 마지막 책장을 덮는 순간에는 한 마디의 구체적인 구절들도 떠오르지 않았다.

다만 삶에 대한 인식. 일테면, 삶을 결코 낭비하는 일 따위는 없어야겠다는 생각 정도가 맴돌았다고나 할까. 말하자면 삶의 총체적인 면에 대한 자기 고찰을 하도록 하는 데에 단초를 제공해 준 책이었다.

　누구도 천재적인 학자가 될 수는 없다. 아무나 위대한 사상가가 되는 것 또한 있을 수 없는 일이다. 중요한 것은 그 속에 삶에 대한 성찰을 자기화할 수 있는 것이 아닐까. 진정 중요한 것은 또한 어찌 깨달음 그 자체에만 있겠는가. 깨달음과 함께 구현하는 삶이 있어야 할 법이다. 또한, 그러한 깨달음에 이르도록 하는 영혼의 스승을 만난다면 더한 삶의 축복이 아니겠는가.

　교직에 몸담고 있는 내게 이런 담화는 솔직히 적잖은 부담으로 나를 돌아보게 만든다. '모든 학생들에게'란 것은 희망 사항이고, 몇 명 아니 단 한 명의 학생에게라도 그와 같이 삶을 얘기하며 깨달음에 이르게 하는 영혼의 스승일 수 있으면 하는 바람.

하퍼 리, 『앵무새 죽이기』

술 담배도 안 하는 사람은 도대체

술도 안 마시고, 담배도 안 피우고 도대체 그런 사람들은 세상을 무슨 재미로 살아가누?

실제, 이런 얘기를 많이 듣곤 하는데, 그런 질문을 던지는 사람들의 표정은 한결같이 진지하다. 도무지 이해를 할 수 없다는 표정 역력하니 말이다. 그러나 참 미안한 얘기지만 술, 담배에 세상 재미를 거는 사람들이야말로 얼마나 딱한 사람들인가? 세상이 참 무료하고 재미없기만 한 까닭에 평생 그들에게만 의탁하여 찾는 재미라니……

술, 담배 말고도 세상엔 재미있는 것들로 그득하다. 서가를 어슬렁거리며 책 냄새를 맡고, 제목을 통해 뽑은 책의 표면이며 갈피에 손가락의 감각을 맡기는 일은 재미를 넘어 숫제 황홀한 일이다.

게다가, 탁월한 간택(?)에 의해 며칠 나와 동거하게 된 궁녀들과 (그저 어여삐 여긴다는 뜻으로 이해해 주시길) 몇 날 몇 밤을 지내는 그 떨리는 살갗의 추억은 어떠하고……

제목이 너무 낯익다 '앵무새 죽이기' 아! 영화, 연극 등으로도 널리 사람들에게 회자되던 그 책. 이 책이 왜 그렇게 미국 소설의 교과서처럼 회자되었는지를 책을 펼치고서부터 알 수 있을 것 같았다. 남북전쟁, 그리고 대공황 너머, 채 가시지 않은 인종 차별의 편견에 대한 경계가 교훈이 고스란히 소설을 통해 형상화되어 있다.

그것은 과거의 미국 얘기가 아니라, 다인종이 복잡하게 얽혀 언제 터질지 모르는 불안을 그득 품에 안고서도 짐짓 평화의 얼굴 표정을 짓고 있는 현재 미국의 이야기이기도 하니까.

문학의 코드는 이렇게 지시적인 독해인 것만은 아니니까, 좀 더 거창하게 풀어보자. '근본적인 삶의 문제'라고. 인간 저마다에게 내재된 편견과 차별이라는 것이 손상시키는 삶의 진실성 같은 것?

타자(他者)와의 교통에서 가지는 편견을 버려야 한다는, 사실 이 소설은 아주 단순한 주제를 가지고 있다. 역지사지(易地思之). 즉, 타인의 입장으로 바라볼 수 있을 때 제대로 볼 수 있다는 것이니까 말이다.

그 중심에 핀치 변호사가 있고, 그의 아버지를 통해 이 소설의 화자인 어린 '나' 스카웃은 점점 세상을 바로 바라보게 되며, 성장을 하게 된다.

'무시당하고 차별당하는 모든 사람들에 대한 모든 어른들의 편견을 향한 아이들의 외침'이라는 책 뒷면 고딕체가 다시 눈에 띈다. 진정한 인간 이해에 다가서는 방법은 바로 그 편견은 깨뜨리는 데에 있다는 것 말이다. 편견, 자기류의 아집, 제 논에 물 대기가 어디 미국 사회의 인종 차별에서만 있었던가? 우리가 바라보는 외국인, 험담으로 깎아내리기 일쑤인 주변 사람들, 교사인 내가 바라보는 소위 그렇고 그런 학생들…….

책의 유명세에 편승한 서평들은 일제히, 지루하지 않게 500여 쪽을 읽었다고 나발을 불겠지만, 교과서적인 주제가 가져다주는 단정함과 조금은 낯선 문화 사이에서 나는 솔직히 몇 번 헛발질을 했다.

조금은 따분했다는 얘기다.

자크 란츠만, 『히말라야의 아들』

세상은 보이는 것, 이해되는 것으로만
존재하지 않는다

히말라야 한 자락을 다녀온 지, 한 달이 지났습니다. 다녀온 뒤의 조금 여유로운 시간으로도 다른 산을 찾지 않았던 것은 아마도 그 산행의 느낌을 오래도록 여운으로 간직하고픈 심사였는지 모릅니다.

설 뒷자락으로 산엘 다녀왔답니다. 가을 북적이는 화려함 말고, 고요하고 한가로워 차라리 적막감이 감돌던 겨울 내장산. 그리고, 선운사 절집 앞마당만 휘돌아오던 아쉬움이 가슴 한자락에 그리움의 풀씨로 내려 뿌리를 내리고 줄기까지 자라게 하던 선운산.

산엘 다녀오고 난 오후에, 나는 불현듯 이 책을 집어 들었습니다. 아니, 불현듯이라는 말은 경우에 꼭 들어맞는 말은 아니로군요. 산행을 떠나기 전에, 도서관에서 빌려두었던 책이었으니, 은연중 읽겠다는 의도가 이미 개입되어 있었던 셈이니까요. 빌려온 세 권 중에 먼저 이 책에 제일 맘이 닿았다는 뜻 정도가 되는 것입니다.

제목이 먼저 눈길을 끌었던 것은 물론이고, 역자가 김정란이었다는 점도 충분히 매력적인 책이었습니다. 게다가 책 속에 '남체', '룩크라', '로체', '다블람' 같은 귀익은 지명들이 당기는 마음의 줄들이 다시 얼마간 느슨해진 일상을 '테에엥' 소리를 내며 당기는 듯한 소리를 듣는 기분이었습니다.

'알렉상드르'는 일상의 삶에서 도무지 존재의 의미라든지 삶의 활력 같은 것을 갖지 못하는 전형적인 소시민으로, 제도 속에 끌려다니는 따분한 삶을 살아가고 있는가 하면, 그의 형 '장'은 예술적 재능은 물론 폭넓은 사고와 적극적인 결행 들을 고루 갖추며 제도와 관습을 뛰어넘는 삶을 살아가고 있었습니다.

그러던 어느 날 장이 카이로에서 테러로 죽게 되고, 장의 죽음을 모르는 가이드 '샤모니'로부터 비몽사몽이던 나(알렉상드로)에게 전화가 걸려와 당신('장'을 지칭)의 열 살짜리 아들이 히말라야에 있다는 소식과 함께 모자의 사진을 받게 됩니다.

이때부터 나의 삶은 그 이전에 알던 자신의 것이 아니었습니다. 의도한 바와(형에 대한 열등감 그리고 지리멸렬한 자아의 현실, 낯선 세계에 대한 동경 등) 의도하지 않았던 상황들이 겹쳐지면서 나는 히말라야의 세계 속으로 몸과 마음을 모두 내디디게 됩니다.

우리의 고전 소설 '설공찬전'에서처럼 나는 형인 장의 빙의(憑依)에 사로잡혀, 자신의 존재는 점점 희미하게 지워지고 있으며, 심지어 형을 내면에 모시고 그의 제자처럼 노예처럼 살아간다고 말하기까지 합니다.

모든 사람들이, 심지어 세르파니 장의 부인이었던 '카미' 마저 그를 장으로 알아봅니다. 하지만, 동서양이 오버랩된, 이름마저도 히말라야를 두 글자로 줄여 '히마'인 열 살짜리 아들 아니, 조카는 나의 존재를 알아봅니다. 티베트에서는 죽은 사람들이 산 사람들에게 말을 한다는 것입니다.

문학적으로 해석하고, 의미를 갖다 붙인다면 참 여러 가지 말이 나올 수 있겠다 싶었습니다. 작가의 풍부한 자전적 체험이 가미된 점도(비록 이 책이 구성면에서라든지 이야기의 방식에서는 다소 어리둥절한 면을 가지고 있지만) 이 책만의 매력이라고 생각됩니다. 즉, 체험을 바탕으로 한, 동서양을 넘나드는 정신적 완충 내지는 교감의 정서 찾기 같은 부류 말입니다.

사실적 접근이라든지, 일상적인 의미로 이 소설을 읽은 독자들은 개연성의 부족과 같은 소설의 기본적인 요소를 무시한 듯한 이 소설을 다소 불만스러워할지도 모르겠습니다.

하지만, 세상은 눈으로 보이는 것, 그리고 이해되는 것으로만 이뤄진 것은 아니라는 말에 동의를 하게 된다면, 이 소설은 다소 매력적으로 읽을 수도 있지 않을까 합니다.

나쓰메 소세키, 『마음』

관계에 대한 갈망

일요일 아침. 먼 산이 희뿌옇다. 흐린 것일까. 아니면 황사라도 끼인 것일까. 꾀죄죄한 잎이 안쓰러운 장미나무 화분을 옥상으로 올려보내러 갔더니 공기는 상큼하고 맑기만 하다. 햇살도 알맞다. 이대로 다시 봄은 더욱 깊어지는 것이리라.

바깥으로 떠돌던 마음을 가라앉히고, 빌려왔던 책을 마저 읽어 본다. 책 한 권의 의미가 요즘 들어 더욱 깊기만 하다. 책 속에 젖어 있는 시간과 그를 덮었을 때의 아득함이라니…….

책을 덮고 나면, 몰려드는 안도감과 함께 이율배반적인 상실감이란 별 탈 없는 일상과 타성 젖은 일상 사이에서 뒤채는 자아의 서로 상반된 끊임없는 반역 음모 탓일까.

최근에 읽은 책은 전경린의 장편 두 권과 나쓰메 소세키의 소설한 권이다. 전경린의 소설 속 주인공들은 한결같이 일상의 관성에서 벗어나려는 상처받은 영혼들이다.

제도 속에 매몰된, 그러나 일탈의 자유로운 영혼과 사랑을 꿈꾸는 그들이지만, 현실 바깥에서는 존재의 뿌리를 내릴 수 없는 것이 또한 사랑임을 자각한 그들의 방황은 달콤하고도 아프다. 그녀의 예리하고도 신열에 들떠 있는 듯한 내면 감각의 끈끈이에 일단 포착되면 내게, 헤어날 재간이란 도무지 없어 보인다.

지난번 읽었던 '풀베개', '도련님'만으로는 그를 충분히 알 수가 없었다. 하여 다시 손을 뻗은 '마음'이란 소설이다. 이런 말이 가능할지 모르겠지만 '죽음'이 삶의 구체적인 한 양상인 것처럼 보이는, 몇 권 내가 맛보았던 일본 소설 특유의 공허 내지는 허무가 이 소설 속에도 짙게 깔려 있는 듯하다.

때로 생존 자체가 처절한 지향점이 될 수도 있고, 외부로부터 속박당하지 않는 인간다운 삶이 궁극인 작품들도 있다. 하지만, 이 소설은 어느 시절 누구에게나 혼재되어 존재할 법한, 생에 대한 욕구와 혼돈과 같은 인간 내면의 이야기를 다루고 있다. 그것이 100년 후의 사람들에게도, 그 너머 시대의 사람들에게도 보편적인 공감이 되어 거듭 읽히게 되는 비결이 될 일이다.

먹고사는 문제의 고달픔에서 일차적으로 벗어날 수 있고, 외부의 간섭에 자신을 시달리게 하지 않을 시대 상황 속에 살게 되는 것만으로도 어쩌면 그들의 삶은, 우리의 삶은 분명 축복임에 틀림없다. 그러나 인간의 내면처럼 복잡한 회로를 가진 것도 있을까. 물량적으로만 가늠하기 힘든 내적인 상태의 그 혼란스러움, 그 아름답고도 고통스러움이라니.

한 시대를 풍미하고 있는 어떤 정신적인 흐름이 연쇄적으로 몽롱한 안개를 일으켜 사람들의 마음을 흐려놓거나, 고양된 영혼의 의지로 상승시켜 줄 수도 있는 법이다.

이 소설에서 메이지 천황의 사망과 그를 따라 할복자살한 노기 장군은 작중 인물의 자살에 그럴듯한 명분과 합리화의 틀을 놓게 만든다는 점에서라면 확실히 이 작품은 1900년 전후의 일본이라는 특수성으로 볼 수 있는 면이긴 하다.

그러나 이 소설에서 정면으로 다루고 있는 문제는 제목이 표방하고 있는 것처럼, 외적 상황에 대한 알 수 없는 인간의 '마음'이다. 이기심과 이타심, 그리고 사랑과 욕망을 두루 포괄하고 있어 좀처럼 그 어디까지가 한 인간의 진정한 영역인지를 가늠할 수 없는 존재로서의 인간. 그리고 그사이에 놓인 '관계'라는 갈망 말이다.

이 소설에선 그 갈망이 일그러진 형태로 그것으로 말미암은 좌절감과 죄의식이 죽음이라는 적극적이면서도 무책임한 회피로 드러나고 말았지만, 관계에 대한 갈망보다 더한 생의 다른 무엇이 있을까? 그 관계에 대한 열의가 사라질 즈음이라면, 내 삶이란 것도 그저 바람이 불고 잎이 지는 계절 황량한 들판의 쓸쓸함과 무엇이 다를 것인가.

오후 들어 다시 흐려진다. 진주를 다녀온 아내 얘기론 대학 캠퍼스엔 벚꽃들이 한창 망울을 터뜨렸다는데……. 같은 경남이라곤 하지만, 산들로 둘러싸인 이곳으로는 지난 추위에 화들짝 놀란 산수유꽃이거나, 꽃 잎새를 내미는 양짓 녘 목련 몇뿐.

아직은 더디게 북상하는 소식들이다.

다자이 오사무, 『사양(斜陽)』

묘한 끌림의 잔상

　퇴폐적 허무주의? 그럴지도 모른다. 자기 파괴와 부정, 아편 중독, 술과 여자에 탐닉하는가 하면, 유부남을 사랑하고 그의 아이를 낳아 기르는 것을 사랑의 완성으로 보는 여자, 그리고 자살……. 어느 면을 살펴보아도 퇴폐적, 감상적 허무라는 비난에서 자유로울 수 없는 소재들로 빼곡하다.

　다자이 오사무의 삶이 거의 1인칭의 형태로 전기적으로 투영되어 있는 '인간 실격'이란 작품보다는 가즈코라는 여인을 내세우고 데카당스한 작가 우에하라를 가슴속 혁명의 무지개로 자신을 투사시킨 '사양(斜陽)'이란 작품이 오랜 여운을 남긴다.

　책을 덮고도 어제 도서관에서 대출해온 다른 책을 잡지 않았다. 이 책이 주는 여운의 잔상을 적어도 오늘 하루라도 지속시키자는 심사였을까?

　턱을 괴고 아랫녘도 아니고 그렇다고 어느 곳에 딱히 시선을 맞췄다고도 볼 수 없는 한 남자의 초췌한 얼굴이 책 표지 뒷면에 걸려 있다. 퀭한 눈이다. 아무래도 수상쩍다.

작년엔 아무 일도 없었다.

재작년에도 아무 일 없었다.

그 전해에도 아무 일 없었다.

- 다자이 오사무, 『사양』, 민음사, 39쪽

종전 후, 그렇게 수많은 일들을 겪고도, 신문에 실린 아무 일도 없었다는 말에 공감을 표하는 가즈꼬. 그녀의 입을 빌려 전쟁의 부질없음을 적막하게 작가는 말하고 있는 셈일까?

소설 속 인물처럼 약물중독과 숱한 좌절, 그리고 자기 부정 속에 19세에 자살 기도. 39세 그의 생일이 되는 날 한 여인과 투신자살한 다자이 오사무.

도덕적으로나 사회적인 눈으로 바라볼 적엔, 그리 건강한 편이 되지 못하는 그의 소설이 분명하지만 나는 마치 흡반에 빨려들 듯이 그의 작품에 젖어 들어 꼼짝할 수 없었다.

작품 속에 투영된 인물들은 두말할 것도 없이 그의 분신들이다. 그의 삶이 고스란히 투사된 작품은 그래서 펄떡이는 하나의 생명체 같아서 작품을 읽어 내리는 내내 전율과도 같은 꿈틀거림을 멈추지 않는다.

'우에하라'는 좌절과 혼돈의 자아이다. 약물중독과 자기 정체성에서 끝없이 방황하다 마침내 자살하고 마는 '나오지'는 절망과 허무의 극단에 선 자아이다. 그리고 혼자 남은 가즈꼬는 그에게 가늘게 남아 있는 한 줄기 희망이었다.

세상의 기준으로 보면, 별 볼일도 없고 평판도 별로이며 유부남이기까지 한 우에하라와의 한순간 만남으로 사랑에 빠진다. 편지를 통한 그녀의 고백은 계속된다. 혁명의 무지개를 걸쳐주신 분이라고 하는가 하면, 살아갈 목표를 주신 분이라고까지 말하며 그저 기다릴 뿐이라고 한다.

　술과 퇴폐로 세상과 투쟁하는 우에하라의 방식을 이해하는 가즈꼬는 우에하라와의 사랑과 그를 통해 낳은 아이로 혁명을 완성하려 한다. 우에하라는 '하지만 이제 너무 늦었어 황혼이야.'라며 때가 늦었음을 말하지만, 그녀는 '아침이에요'라고 답하며 행복을 느낀다.

　전후의 시대 상황이라든지 작가의 전기적 상황들을 작품 이해의 단초를 삼고 싶지는 않다. 앞서도 말한 바 있는 전율과도 같은 잔상, 묘한 이끌림의 정체가 궁금한 것이다. 도대체 그것이 무엇일까? 그런 것들을 심원한 내면 깊은 우물에서 길어 올리는 작가야말로 영혼의 주술사라 이를 만하지 않은가?

츠지 히토나리, 『사랑을 주세요』

사랑으로 향하는 성장통

 츠지 히토나리? 서가를 두리번거리다가 본 작가명이 낯익다. 아! 공지영과 함께 '사랑 후에 오는 것들'이란 쓴 일본 작가. 신문에서 그 이름을 빈번히 본 적이 있는 작가다.

 제목이 가볍다. 무거운 다른 책을 두 권 골랐으니, 그 무게에 눌려 활자가 눈에 들지 않을 때는 이런 가벼운 제목의 책이라도 읽을 양으로 한 권을 빼 들었다. '냉정과 열정 사이'가 그의 이름으로 더 익숙히 알려진 제목이지만.

 우선 드라마틱한 작위적 설정이(끝부분에서 극적 반전을 도모하는) 다른 방식으로 보면 조금은 유치해 보이기도 한다. 고아원에 버려진 19세의 소녀 리리카의 좌절과 절망을 모토지로라는 구원자가 편지글로 나타나선 그녀 삶에 용기와 위안을 주고 종국에는 긍정과 희망이라는 삶의 밝은 면으로 안착하게 만드는 얘기.

 끝까지 서로 주고받는 편지글의 형식이다. 모토지로와 리리카는 절대 만나지 않는다는 약속으로 편지를 시작한다. 물론, 이 부분이 소설 서두에서 후반부의 복선이 될 것임을 어지간한 독자는 짐작할 수 있었겠지만. 결국, 그들은 그 약속처럼 만나지 않는다. 아니, 만나지 못했다는 표현이 더 맞겠지. 모토지로는 그의 친오빠였고, 누이 리리카가 삶의 어두운 골목길에서 방황하는 것을 아프게 지켜볼 수만 없어서, 편지라는 방식을 택한 것이다. 그러나 이미 그때 모토는 루게릭병을 앓아 시한부의 삶을 살아가고 있었다. 절망과 어둠 속에 회색빛 세상을 살아온 여동생에게 삶의 버팀목이 되어주고 새살이 되어주던 자신을 그대로 드러내어 다시 천국에서 지옥으로 누이를 밀어뜨리는 끔찍한 고통을 건네줄 수 없다고 모토는 생각한다. 그래서 고육지책으로 만나지 않는다는 약속을 하는 한편, 자신의 상황을 속이게 된다. 모토는 자신의 병마와 사투를 벌이는 한편으로 누이의 회생을 위한 혼신의 사랑을 편지글에 담아 건넨다.

사람을 사랑한다는 건 정말 힘든 일이더라. 태어나 처음으로 누군가를 사랑해보고서야 깨달았어. 내가 아닌 상대방의 입장에서 뭔가를 생각해본다는 게 얼마나 힘든 일인지도 깨달았어.

- 츠지 히토나리, 『사랑을 주세요』, 북하우스, 140쪽

모토의 리리카를 향한 편지 속에 사랑하는 사람은 모토가 가상으로 설정하여 만든 인물이지만, 실상은 여동생 리리카였고, 그의 진정한 사랑의 힘이 리리카에게 삶의 의욕과 새로운 우주를 보게 하는 힘이 되어준다.

드라마틱한 이 이야기는 일본에서 드라마로도 만들어졌단다. 썩 권할 만한 책은 분명히 아니다. 그러나 주변으로부터 버림받아 고통받는 어린 영혼이, 사랑의 힘으로 영혼의 새살을 키워나간다는 이야기는 그리 신선하거나 새로운 이야기도 아니건만, 그 평범하고도 단순한 얘기로만으로도 그저 사랑이란 것의 위대한 힘을 절감하게 된다.

사랑을 잃고 살아온 리리카가 사랑을 알아가게 되고, 삶의 별빛을 헤아리게 되는 것은 성장통과 같은 것이었다. 아픈 만큼 성숙해진다는 유행가 가사 한 구절이 불현듯 사랑에 관한 수많은 진실을 압축해서 전달해 주는 듯한 느낌은 새삼스러운 것일까?

이홍, 『걸프렌즈』

공유할 수 있는 사랑?

조금 이르다 싶은 시간이거나 아주 한적한 무렵, 도서관 서가를 어슬렁거리는 것은 참으로 즐거운 일입니다. 오래된 책들이 아닌 까닭에 다른 냄새들에 섞여 있어 특유의 종이 내음은 아주 드물지만 습습한 책 내음이며, 빼곡 얼굴을 내밀며 간택을 기다리는 책들을 두루 눈요기하는 그 즐거움. 집 근처에 도서관이 들어서면서 내게 덤으로 찾아든 기쁨입니다.

그러나, 때로는 혼란스러울 적도 많답니다. 읽어서 나쁘거나, 가까이하기에 너무 먼 당신인 책들이란 없는 까닭에 선뜻 아무것이라도 빼 들어도 상관없는 일이지만, 선택에의 망설임, 그리고 책을 뽑아 들고 나서면 선택하지 않은 책들에 대한 아쉬움들이 잠시 발걸음을 떼지 못하게 하는 경우도 있으니까요.

미리 점찍어 둔 책이 있거나, 단박에 눈에 들어선 '응 그래 바로 너야'라는 책이 없을 적엔 곧잘 이런 방법으로 고르곤 합니다.

첫째, 작가. 둘째, 출판사. 셋째, 무슨 무슨 문학상……. 일테면, 창비 쪽은 소설이 괜찮았고 민음 쪽은 시들이 괜찮았다는 귀납적 사고

방식의 적용 같은 것들이라든지, 이혜경의 '길 위의 집', 한수영의 '공허의 1/4'이라든지, 지금은 그 사람 참 이상하게 변해버렸지만 이십 대에 참 감각적으로 읽었던 이문열의 '사람의 아들'이라든지, 강석경의 '숲속의 방' 같은 작품들도 무슨 무슨 상을 수상했던 것들이었으니까요.

이홍이란 작가의 '걸프렌즈'란 민음사의 소설책을 집어 들었습니다. 왜 '걸프렌드'가 아니고 '걸프렌즈'인가. 책 제목을 보고 생각을 했습니다. 여럿이란 말이로군요. 한 남자가 세 명의 여자와 소위 양다리도 아니고, 세 다리 걸치는 연애를 펼치고 있는데, 이상한 것은 세 명의 여자들이 자매처럼 친구처럼 서로를 이해하며 그 사랑을 공유한다는 줄거리. 뒤표지에 적혀 있는 글처럼, 도발적이고도 능청스러운 연애담입니다.

작가상의 엄숙함과 진중함 대신, 천연덕스럽기까지한 육체관계를 제시하는 것과 같은 가볍고 발랄한 풍속이 넘쳐나는. 새로운 시대에 걸맞은(?) 연애 풍속도를 조금 다른 관점에서 들려주고 있는 셈입니다. 어쩌면 시쳇말로 '쿨'한 사랑의 방정식을 그려 보이고자 하는 것 일 수도 있고요.

> 모든 사람은 결핍이 있잖아. 그런데 왜 그 결핍을 보완하기 위해 섀도는 세 가지를 바르면서 여러 사랑을 함께하면 안 된다고 강요하는 거지? …(중략)… 두 사람을 사랑하는 것만큼은 절대 안 되는 건지, 왜 그게 용납되지 않는 건지…….
>
> — 이홍, 『걸프렌즈』, 민음사, 118-119쪽

운(云)하는 작중 인물의 이야기는, 절대적이어야 하고 독점적 지위를 확보하지 못해 안달복달하는 사랑이란 녀석의 관습적 속성과 속설에 대한 정면 도전이기도 합니다.

의아한 이야깁니다. 사랑도 모든 것을 요구하고 예술도 모든 것을 요구하기에 나는 사랑을 할 수 없다는 어느 예술가의 말을 빌지 않아도 사랑이란 것은 온전히 모든 것을 한 곳에만 쏟아붓기를 선천적으로 요구하는 장르라고 생각해 왔던 까닭입니다.

그러나, 세월과 함께 건너오면서 곰곰이 생각해보니 신이거나 절대적인 것에 대한 일이 아닌, 작중 인물의 말처럼 결핍 있는 인간의 사랑이란 것은 세상이 관습이 용인하지 않지만, 여럿일 수도 있다는 생각입니다. 위험한 얘긴가요?

물론, 민음이란 출판사가 아니라거나, 작가상이 아니라면 정말 너절하고 저급한 연애 소설 취급을 받을 수도 있는 책이란 생각도 해 보았습니다. 그러나 연애담은, 사람을 사랑하는 일이란 누구에게나 평생을 따르는 화두가 아닐까요. 하다못해, 통속적이다고 생각하며 읊조리는 유행가 가사도 사람의 결핍인 '사랑', 그것에 대한 화두 제시라고 볼 수 있으니까요.

어쨌든, 이런 부류의 이야기가 화두로 올려지는 시대란 역사거나 현실의 과도한 하중에서 무너져내릴 것 같은 부담으로부터 자유로워진 보다 인간적인 세상일까요. 아니면, 한없이 가볍고 무의미하게 살아가는 우리 시대 모습에 대한 회색빛 반추일까요.

공유할 수 있는 사랑⋯⋯이라⋯⋯.

이화경, 『나비를 태우는 강』

다시, 사랑이란

　지독한 황사였습니다. 황사주의보가 해제된 다음 날 아침. 주차된 차 위로 '누우렇게' 쌓인 먼지, 그 광경을 보고 나는 좀 을씨년스러운 생각을 해보았습니다. 지진, 전쟁, 원폭…… 같은 대재앙들도 따지고 보면 어제와 같은 상황에 일정 무게를 더 얹히게 되는 양상이 아닐까 하는. 만약 그런 상황 속에 놓이게 된다면, 그 앞에 우리의 삶은 얼마나 무력해질 것인가 하는 생각.

　토요일, 일요일 황사에 발목 잡혀, 봄꽃 소식들은 녹음기의 'pause' 버튼을 누른 것처럼 일시 중지가 되고, 나는 하릴없이 빌려온 몇 권 책에 답답한 심사를 실어보았습니다. 창밖은 불과 몇백 미터를 분간할 수도 없이 자욱한 먼지들.

　자신을 주체로 하면서 상대를 주체로 대하는 이율배반적인, 그리하여 아퀴가 맞는 사랑을 할 수 없었던 국적이 다른 '첸, 쿨만, 준하'가 런던이란 음습한 도시에서 만납니다. '첸', '쿨만'이란 이름을 우리 소설에서 만나는 것이 처음엔 약간 낯이 설었습니다. 그리고 첸과 쿨만의 동성애적 은유 또한 나를 이야기 속에 몰입시키는 데에 약간의 집중력을 요구하더군요. 첨엔 첸이 남자인지 여자인지도 잘 몰랐으니까요.

사실, 소설의 시작은 그들의 만남으로부터가 아닙니다. 그것은 어디까지나 이야기의 시간 구조로 헤쳐 풀어 말한 것이지요. 첸은 인도 마더 테레사의 집에 자원봉사로, 쿨만은 영국에, 준하는 크루즈를 타고 북회귀선 여행 등으로 카메라의 눈이 산만하게 흩어진 상태에서 출발합니다. 이쯤이면 독자는 어안이 벙벙해지는 것이지요. 첸, 콜만, 준하. 세 명의 주요 인물의 세계와 가정사, 성장 과정의 세 줄기 서사를 두루 파악해야 할 지경이니, 이들의 서사가 한 가지로 모여들기 전까지의 잘 가닥 잡히지 않는 멍한 상태를 독자의 집중력 부족 탓으로 자괴하게 만들 수도 있는 요소입니다.

어쨌거나, 중반부를 넘어서면서 얽히고설킨 서사적 구조도 길을 잡아선 이야기의 아퀴가 지어지는 모양새였으니, 책장을 덮어버리거나 던져버릴 일은 없었습니다.

세 명의 등장인물은 그저 범속한 사람들이 아닙니다. 한결같이 어긋났거나 결핍된 성장기의 '사랑'이 그들 공통의 문제였습니다. 준하까지 첸이 머물고 있는 인도로 오면서, 이야기의 중심과 주제는 자연스레 인도와 관련되거나 적어도 인도의 어떤 정신적인 맥락과 흐름을 함께하게 됩니다.

제목에 포함된 '나비'만 해도 그렇습니다. 힌두의 관습에 따라 죽은 자를 강가에서 태울 때, 마지막 어떤 불로도 타지 않는 신체의 한 부분이 있답니다. 그게 바로 '나비'란 것인데, 이는 날아다니는 나비가 아니라 어머니의 자궁에 들어 있을 때 영양 공급을 받던 탯줄의 뿌리를 의미한답니다.

작자는 아마도, "사랑은 존재의 시원을 찾아가는 작업"이라고 말하는 듯하였습니다. 강이 어머니의 이미지라면 존재의 마지막 흔적을 태우는 어머니 같은 강, 나비를 태우는 그 강은 영원히 끝나지 않을 사랑의 종착점인 셈입니다. 그것을 힌두의 강기슭 화장장을 통해 은유하고 있는 것일까요.

서로 다른 계급의 인도인, 크리슈나와 슈크라의 사랑 이야기는 준하와 첸의 바깥 이야기에 또 다른 이야기 즉, 액자 형식의 이야기로 볼 수 있는 이야기 속의 이야기입니다.

존재의 시원을 찾아가는 것이 사랑이라는 작가의 명제와는 달리, 액자 속 이야기에는 제도와 관습이 인간들의 존재를 얼마나 무참하게 훼손할 수 있느냐 하는 것이었습니다. 인도라는 곳을 배경으로 했다고 하지만, 이 둘의 사랑은 초월적인 것도 인간 본연의 어떤 정신적 지향도 아닌 또 다른 어긋난 구성입니다.

아무리 사랑이란 말이 포괄적인 관념으로 두루 해석될 수 있는 소지를 지니고 있다지만, 그리고 그 두 사람 사랑이 비극적이고 애틋하다지만, 두 사람의 사랑 얘기가 어정쩡하게 몇 장의 서류의 재해석으로 삽입되어 있는 것이 너무 이상했습니다. 차라리, 외국인 노동자들에 대한 편견을 버리라고 한다면, 박범신의 '나마스떼' 같은 부류여야 했다는 생각이 들었기 때문이었답니다.

그러나 확실하게 느낀 점은, 첸과 준하는 상대에게 집착하지 않는 사랑을 한다는 것입니다. 자기 발견과 자기애를 통해 이르는 사랑, 모색하는 사랑을 통해 성장기를 통해 부실하게 채워왔던 사랑의 하체를 더욱 튼튼히 하려 한다는 점입니다.

'쿨만'을 통한 것은 기실 사랑이라기보다는 육체만 있고 영적 매개가 없던 결여의 다른 이름이었습니다. 그것은 언제나 둘이 하나가 되어야 한다는 강박과 합일의 욕구만 존재하는 불구적인 사랑이었지요.

사랑에 대한 물음은, 인류의 역사가 지속되는 한 언제나 담론의 중심에서 비껴날 수 없는 근원적인 것이 될 성싶습니다. 사랑이야말로, 죽어 있는 듯한 가지에 싹을 틔우고 꽃을 내밀어 삶의 환희와 존재의 기쁨을 알게 해줍니다. 그것은 또한, 우리 인간이 육체로만 살아가지 않는, 영적 존재임을 끊임없이 증거해 주는 것이기도 하겠지요.

김연수, 『청춘의 문장들』

한 조각 꽃이 져도
봄빛이 깎이거니

  그야말로 '꽃 시샘' 추위였습니다. 꽃잎을 틔워놓고 차가운 속내를 드러내는 모습. 그러나 그 덕에 며칠 꽃들의 잔치가 더 이어졌으니 되려 그 시샘이 새옹지마가 되었지요. 교정 산벚나무도 오늘 따뜻한 날씨를 더 이상 참지 못하고 펑펑 꽃불을 터뜨립니다.

  봄은 주체할 수 없는 깊이에 젖어 들었습니다. 빈 시간으로 꽃그늘 속을 거닐며, 음유하며 맛보는 공기는 가히 이 무르익은 봄의 절창입니다.

  하지만 하루 이틀 먼저 꽃을 틔웠던, 미술실 맞은편 벚나무는 이제 떨어뜨리는 꽃잎으로 분분……

  이 아름다운 순간들을 황홀해 하면서도 못내 가슴 한쪽에 이는 바람을 감출 수 없는 것이란, 순간을 영원으로 지속시킬 수 없는 어찌할 수 없는, 유한의 삶을 살 수밖에 없는 우리, 짧은 인간의 봄인 까닭인가 봅니다.

  소설가 김연수의 '청춘의 문장들'이란 책을 펼쳐보았습니다. 이번엔 그대로 눈에 들어와서 가슴 헤집던 시 두 편의 구절들만 여기

옮겨 보겠습니다.

한 조각 꽃이 져도 봄빛이 깎이거니

바람 불어 만 송이 흩어지니 시름 어이 견디리

스러지는 꽃잎 내 눈 스침을 바라보면

많이 상한 술이나마 머금는 일 마다하랴.

- 김연수, 『청춘의 문장들』(두보, '曲江二首'), 마음산책, 130쪽

어느새 가을 멀리 가버렸으나

숲나무엔 가을 뜻 아직 남았네

적막한 바위 틈엔 물기 마르고

맑은 시내 어귀에 뗏목 깔렸다

- 김연수, 『청춘의 문장들』(정약용의 시), 마음산책, 141쪽

두보에게도 정약용에게도 여지없이 봄이 가고 가을이 지났습니다. 퍼내도 퍼내도 다함이 없는 화수분 같은 시간이 우리에게 주어지지 않는 까닭에 더욱 이 봄날 순간순간이 귀하고 아름답습니다. 흩날리는 꽃잎 하나에도 애틋함이 깃드는 이유입니다.

조영아, 『여우야 여우야 뭐하니』

의도하지 않아도
알아가게 되는 세상의 모습

책을 고를 때의 기준은 무엇일까? 인상적인 제목은 곧잘 그 첫째 기준이 되곤 한다. 빼 들어선, 어느 한 쪽을 펼쳐보면 마음을 사로잡는 문장이거나 문체가 대뇌와 교신을 시도하면, 여지없이 접선 완료.

두 번째는 작가. 세 번째는 출판사. 네 번째 이도 저도 아닐 적엔 무슨 무슨 권위 있는 문학상 수상작……

세 번째와 네 번째 기준은 안전하면서도 위험하다. 그것이 객관적 검증이건, 공신력이건 출판사의 교묘한 상업성이건 간에 독자의 안목이나 자의적 판단을 상당 부분 교묘하게 제어하고 있는 것이 그들의 정체이니까. 독자들의 입장에서는 그들의 광휘에 섣불리 '기대 지평'을 갖게 된다.

지난주, 도서관에 들러 빌려온 책 가운데 하나가 위에서 말한 네 번째 기준에 의한 선택에 의한 것이었다. '제목만으로'였다면 덥석 내 품에 안기기 어려운 책이었다.

'여우야 여우야 뭐하니'라니, 무슨 구전 동화 애긴가? ○○ 문학상 수상작이라는 타이틀이 선뜻 내 건 '기대 지평'에도 미심쩍은 눈길을 보내긴 했었다. 동화가 아니라면, 성장소설류로 보이는데…….

잘 읽히는 소설이긴 하지만, 권하고 싶은 책은 아니다. 플롯조차도 어쩐지 낯익은 느낌이다. 어디서 본 듯한 그런 이야기 전개일까? 맞다. 마치 '난장이가 쏘아올린 작은 공'과 '아홉살 인생'을 버무려 놓은 듯한 느낌.

상징적 장치와 현실의 문제가 맞물려 돌아가면서, 13살 상진이의 몸과 내면이 무르익어 간다. 제목의 '여우'가 그러하고 모자란 형의 이름을 '모호면(모호르비치면-지각도 맨틀도 아닌 그 경계면)'이라 칭하는 것이며, 색소폰 부는 남자를 '전인슈타인'이라 칭하고, 느닷없이 등장시키는 귀신고래며, 64빌딩 붕괴(63빌딩은 현실에 있지만 64빌딩은 소설에 나온다).

발파작업 전문가인 아버지가 사고로 다치고 생계를 위해 어머니가 트럭을 장만하면서 살이의 규모를 축소하여 오게 된 곳이 청운연립의 옥탑방이다. 무허가인 까닭에 202, 302와 같은 호수가 없다. 그래서 붙인 이름이 '하늘호'다. 그 옥탑방에 사는 13살 주인공 상진은 첫눈 오는 날 아침에 여우를 만난다.

그리고 여러 에피소드들에는 뉴타운으로 발전해가는 도시의 이면에 숨겨진 삶의 고단함이 군데군데 배어 있다. 그러면서도, 난쏘공처럼 일방적인 절망을 강요하는 시대의 횡포 같은 것을 구체적으로 제시하진 않는다.

독서 산책

또한 삶이란 것이 그저 단순하지 않다는 것. 눈으로 보이는 것만이 존재의 모든 것은 아니라는 것을 넌지시 상징적인 장치들에 실어 보임으로써 아이는 문득 성징을 포함한 성장의 오묘한 과정을 겪게 된다. 외로움과 그리움 같은 그리고 부대끼는 삶 속에서 의도하지 않아도 알아가게 되는 세상의 모습 같은 것들.

'여우'는 도대체 무엇일까? 이건 꽤 문학 이론적인 질문이다. 문학 시험 문제가 어렵다고 애들이 투덜거린다. 수업 시간에 문학이 뭐랬니? 우리 인간의 삶의 모습⋯⋯.

그래, 삶이 그리 간단하고 쉬운 것이든?

아뇨⋯⋯.

문학 시험도 그래서 어려워.

쑤퉁, 『비누(毙奴)의 눈물』

역사와 인간 삶을 은유한
장광설

　연이어 읽은 산문과 시적인 언어들의 감수성에 그만, 마음이 너무 눅눅해졌나 봅니다. 그런 내가, 조금은 불편하다는 생각을 하는 찰나로, 이야기 속에 젖어 들어 오롯이 그 세계 속에만 유영할 서사를 더듬었습니다.

　모든 경우가 다 그렇다는 것은 아닙니다만 너무 칙칙한 자기류의 생각에 빠져 있는 듯한 일본 작가거나, 서사성이 결여된 채 서가를 장식하는 근래 우리 작가들의 장편은 내 마음을 당기지 못했습니다.

　'위화' 같은 작가들의 능청스러움과 너스레 수사에 빼곡히 담겨 있는 삶의 진실 내지는 서사가 슬그머니 그리웠고, 도서관을 찾은 발길은 어느새 중국 작가 코너를 돌고 있었습니다.

　처음 두 권으로 된 장편소설을 간단히 대출 목록에 넣은 것은 솔직히, '문학동네'라는 출판사와 책 뒷면에 적혀 있는 신경숙의 간단한 서평 때문이었음을 인정하지 않을 수 없습니다.

　그러나, 아무리 세계 신화 총서에 수록된 글이라곤 하지만, 지나친 상징과 비현실적인 설정 들은 1권을 읽는 처음 얼마간 나를 황당함으로 몰아넣어 몇 번 책장을 덮어버리려는 충동을 만들어내곤 했습니다.

중국 4대 민간설화 중 하나인 맹강녀 이야기를 소재로 쓴 것이랍니다. 작가는 '강 씨네 큰딸'이라는 뜻의 맹강녀에게 '비췻빛 여자'라는 뜻의 '비누(碧奴)'라는 이름을 지어주었다고 하지요.

책 페이지를 더해 읽으면서, 작가가 드러내려고 하는 재해석의 의미가 어렴풋이 와닿았습니다. 권력에 수탈당하고, 권장한 사내란 사내들은 모두 만리장성 공역에 강제로 붙잡혀가선 무참히 죽어가야 했던, 현실의 비극을 강요당했던 민초들. 급기야 권력은 그들에게 눈에서 흘리는 눈물마저도 법으로 금지를 합니다. 그러나 민초들에게 눈물은 권력마저 빼앗을 수 없는 영혼의 순수함이고, 뜨거운 사랑의 표징이었습니다.

비누의 남자인 '치량'도 만리장성 공역에 붙잡혀가고야 맙니다. 그런 치량에게 따뜻한 겨울옷을 건네주기 위해 천 리 길을 마다하지 않고 가는 비누라는 여인의 길은 그야말로 고난과 역경이 점철된 눈물의 길이었습니다.

대연령에 이를 즈음에는 숫제 발을 못 쓰게 되고, 그녀는 손과 무릎으로 기어서 피를 흘리며, 그것도 등에 돌을 지고 갑니다. 산신령에게 돌을 바치면 그녀의 남자를 보호해 줄 것이라는 믿음 때문이지요.

그녀가 만리장성에 이르렀을 때 이미, 치량은 돌더미에 깔려 죽은

지 오래여서 유골도 찾을 수 없는 상황이었지요. 그녀는 끝없는 눈물을 흘리고, 그 눈물은 기어이 장성을 허물고야 만다는 얘기입니다.

설화를 재해석하는 작가의 능력이 탁월한지 여부는 좀 더 깊이 공부해봐야 알 수 있을 거 같습니다. 중국 설화도 모르거니와, 그와 관련된 중국의 문화와 역사에 대한 이해도 풍부하지 않은 탓에, 그저 그러려니 하고 읽게 되었답니다.

그러나 작가의 장광설은 놀랍습니다. 상상력과 상징을 버무려 역사와 인간 삶을 적절히 은유하는 비의를 어쩌면 이렇게 능청스럽게도 늘어놓을 수 있을까요?

누구나 한 번쯤 새롭게 자기화하여 읽는 부분은 아무래도 '눈물'의 의미일 테지요? 나에게도 눈물의 의미가 각별하게 와닿았습니다. 어쩌면 순수, 진실의 표징이 될 법한 눈물을 까마득히 잊고 살아온 내 삶에 대한 반성일까요.

비누의 치량에 대한 온몸을 내던진 사랑. 현실에서는 없는, 세상 밖의 얘기 같은 그야말로 신화에서나 나올 법한 사랑에 대한 그리움 때문일까요?

별것 아닐 것 같은 이야기에 빠져들어선 나도 모르게 속울음을 삼키며, 눈 쌓인 먼 산을 바라보곤 하였습니다. 온몸으로 흘리던 그녀 '비누'의 눈물이 내 발등에 금세라도 뚝뚝 떨어져 내릴 법합니다. 이런 순간에 '사랑'을 주제로 한, 시라도 한 편 낭송되어 음악과 함께 흐른다면 더할 나위 없을 테지요.

위화, 『가랑비 속의 외침』

극단에 내몰린
인간 삶과 인간성마저도

'허삼관 매혈기'에 이은 위화의 소설 '가랑비 속의 외침'은 서가를 지나칠 때마다 문득문득 눈길에 와닿던 책이었다. 요즘 도무지 진 득하게 책에 매달리는 버릇을 놓쳐버린 내 성마름에 얼핏 위화의 서사성이 떠올랐다. 그러자 그의 소설이 꽂혀 있는 서가 위치로 나 를 데려놓는 데에 시간은 채 몇 초도 걸리지 않았다.

여유 없는 내 내부 탓이었을까? 그의 문체는 거침없고 이야기의 전개도 줄기차건만, 서사의 얼개를 머릿속에 그려내는데 한동안 애를 먹었다. 가장 혼란스러웠던 부분은 난마처럼 뒤엉킨 시간의 서사였다. 시간의 흐름에 따른 서사가 아니라, 서술자인 '나'의 의 식 혹은 기억의 조각에 의한 재구성의 방식을 취하고 있는 까닭이 었다.

인물에서는 고단한 인생들을 끊임없이 등장시키는데, 어린 '나' 혹은 성장해 가는 서술자를 표면화시킴으로써 그 고단함의 정체 를 정면으로 파헤쳐내지 않는 것에 면죄부를 주고 있다.

서술 방식으로 들어가 보면, 말하기의 방식으로 설명하는 것이 아닌 능청스럽게 제시하기만 함으로써 인물들을 고단하게 만든 그 혐의를 문화대혁명으로 일그러진 중국의 사회주의에 두든, 변혁의 시대가 불손하게 두둔하는 가치에 두든, 판단을 독자에게 맡기는 교묘(?)함을 보이고 있다.

게다가 성장기에 있는 아이들과 어른들의 이성에 대한 욕망의 한 단면을 제시함으로써 은근슬쩍 인간 본연의 욕망에 대한 화두를 던져, 또 다른 주제로도 독해되는 것을 유도하기까지 한다.

어쨌거나 이 소설을 통해서 극단에 내몰린 인간 삶과 인간성마저도 능청스러운 웃음과 눈물의 서사로 드러낼 줄 아는 위화 특유의 매력을 다시 한번 느끼게 되었다.

단정하고 교훈적인 매력을 좇아 책을 읽고자 하는 이가 있다면 딴 쪽을 알아보는 것이 좋으리라. 그러나 적어도 작가 스스로에게는 가식적이지 않고, 시대, 현실에 대해서는 왜곡하지 않는다는 점에서 진실한 삶의 한 단면을 보여주고 있다고 할 수 있을까?

이 소설을 읽는 동안 나는 내내 어떤 자유로운 영혼의 푸득임 같은, 조금은 동떨어진 느낌으로 충만해 있었으니까……:

한강, 『검은 사슴』

저마다 외로운,
인간 존재의 무게

3년여의 동거를 통해 몸을 풀었다는 젊은 작가 한강의 '검은 사슴'이란 소설은 장편이 범하기 쉬운 이야기의 뒤채임에서 한 번도 길을 잃지 않고 나아간다는 것만으로도 우선 놀라운 소설이다. 400여 쪽을 내리 온통 검은빛의 은유와 상징의 칙칙함으로 지면을 채색하였으니, 그 상징이 식상할 법도 하였으나 그 곁길로 빠지는 것을 막아주는 힘은 역시 '서사'의 치밀함이 아닐까 생각했다.

'검은 사슴'이란 제목이 주는 어두운 상징처럼 소설 속 인물들의 삶도 한결같이 어둡고도 절망적이다. 유년기의 상처에서 몽유하는 의선은 물론이거니와 주된 서술자인 인영을 비롯, 명운이며 장종욱 들은 모두 저마다의 삶에서 의식의 심연에 중상을 입은 자들이다. 그래서 그들은 하나같이 주변과 조화를 이루지 못하고, 분열적 자기 집착에서 헤어나지 못하는 사람들, 어둠을 안고 살아가는 '검은 사슴'의 상징인 인물들이다.

그중에서 강원도 오지인 연골에서 광부의 딸로 태어난 의선에게 부조화는 단순한 고립으로만 머물지 않고, 일종의 분열증으로까지 치닫는다. 아픈 사연을 지닌 그의 부모와 화전촌이라는 고립의 환경에서 자라난 그녀는 주민등록번호도, 은행 계좌도 없는 사회 밖의 인물.

그녀를 찾고자 하는 명운이며, 그녀가 갔음직한 곳의 취재 명분을 얻기 위해 취재 요청을 한 사진작가 장종욱, 그리고 잡지사 기자인 인영은 모두 성장 과정, 혹은 가족과 사회로부터 혹심한 존재의 상처를 입은 사람들이다.

그들 모두가 심연에 묻어 둔 상처는 시대, 사회가 만들어낸 상처이기도 하지만 어쩌면 인간 본연의 어둠이기도 하며, 어둠 속에 깃든 자들이 꿈꾸는 어렴풋하지만 결코 포기할 수 없는 삶의 빛과 같은 희망의 역설이기도 하다.

우리는 저마다 크든 작든 존재의 상처를 안고 살아간다. 사람 저마다의 차이라고 한다면, 응시하고 꿈꾸며 밝은 빛으로 상처를 치유하려는 자와 그 상처에 고꾸라져서 웅크러뜨리는 자의 차이 정도가 아닐까?

반영론적으로 본다면야, 1980~1990년대를 뚫고 나온 성장통 같은 시대 사회의 질곡을 얘기하는 것이기도 하겠다. 하지만 이 소설이 그런 시대의 담론과 무관하게 거듭 해석될 수 있다고 한다면, '인간은 외로운 존재'라는 해묵은, 그러나 언제 호명해 보아도 상투적이지 않은 이름을 붙여주고 싶다. 비록 소설 속 인물들은 시대적 상처와 개인적 상처를 함께 안고 있어 검은 사슴처럼 빛을 보고자 하지만 햇빛을 보는 순간 녹아버리는 상징을 떠안고 있다 하더라도…….

저마다 외로운 인간 존재의 무게가 느껴지는 소설. 하지만, 절망과 어둠의 심연 속에서도 새로운 희망을 찾을 수 있을 것만 같은 빛이 느껴지는 소설이다. 치밀한 구성과 빈틈없는 서사, 거기에 번 뜩이는 상징이 잘 버무려진 엄청난 소설……. 소설을 읽고 난 뒤에 출렁이는 여운을 오래오래 음미하게 될 것 같다.

위화, 『살아간다는 것』

삶이란 것은
끊임없이 죽음을 향해 내달리는 것

    삶이란 때로 얼마나 불합리하고 공정치 못한 것인가? 최근 우리나라의 자살률이 OECD 국가 중 1위라는 뉴스가 있었다.

    죽은 자는 말이 없는 법. 죽는 이유들이야 무덤 속에 있는 그들에게 물어보아야 할 일이지만, 실패하지 말아야 한다는 심한 부담감, 심한 스트레스로 인한 우울증 등이 주된 요인이라고 말하기 좋아하는 전문가들은 분석한다.

    '가능하다면'이라는 전제가 필요하겠지만, 그들에게 위화의 소설 '살아간다는 것', 이 책을 권해 주면 어떨까?

    '허삼관매혈기', '가랑비 속의 외침'에 이은 세 번째 읽은 소설이다. 비극적인 삶, 그 눈물 나는 상황 속에서도 잃지 않는 그의 희극성, 능청스러운 듯한 너스레가 문득 다시 그리워져 빼든 책이다.

    그러나 이 책이 사로잡는 것이란, 앞의 두 책과 비교할 것이 아니었다. 어젯밤 처음 책갈피를 펴들고선 읽기를 멈출 수가 없었던 책. 찔끔찔끔 읽도록 내버려 두지 않는 책이라고 해야 할까.

    앞선 두 권에서 볼 수 있었던, 희극성이거나 너스레는 어디에도 없었다. 제목으로 내세운 명제가 크고 무거운 탓이었을까? 시종일관 진지하다 못해 비장한, 그래서 책을 읽어 나가는 내내 마음 한 구석에서 흘러내리는 눈물을 헤아리기도 하였으니, 삶의 비극이 그대로 전신을 관통해 드는 듯한 느낌이라면 제대로 표현한 것일까.

> 나는 안다. 황혼은 순식간에 사라지고, 어두운 밤이 하늘로부터 내려오리라는 것을. 나는 광활한 대지가 바야흐로 결실의 가슴을 풀어헤치고 있는 것을 지켜보았다. 그것은 부름의 모습이다. 여인이 자기 아이들을 부르듯, 대지가 어두운 밤이 내리도록 부르고 있는 것이다.
>
> - 위화, 『살아간다는 것』, 푸른숲, 294쪽

이름도 아이러니한 액자 속 주인공 '복귀'의 기구한 인생 역정을 다 들은 바깥 이야기의 화자인 '나'의 읊조림으로 소설은 막을 내린다.

'활착(活着)'이 원제목인데, 우리말 사전에도 없는 이 단어를 번역하기가 마땅찮았던 모양이다(영화로도 나왔다나? 제목은 '인생').

하나의 낱말로 된 것을 구절로 길게 늘어뜨린 셈이다. '살다+붙다'가 뜻이니까 억지로 해석하면 '붙어살다'가 되는 셈이고, 조금 의역을 한다면, 살아간다. 살게 되다. 더 억지를 부리자면 어법에도 없는 말이지만 '살아진다'는 뜻으로도 헤아릴 수 있다. 시비를 거는 것 같지만 '살아간다는 것'으로 해석을 해 버리면, 그에 대한 해답이 요구되는 것이기에 적절치 않다고 생각한다. 도대체 살아간다는 것은 무엇인가? 무엇을 의미하는 것인가 따위의 질문에 대한 대답 같은 것 말이다.

그리고, 앞서 내세운 명제, 사람은 살아가는 것을 위해서 살아가지, 살아가는 것 이외의 그 어떠한 것을 위해 살아가는 것이 아니다는 말과는 모순되는 상황을 만들어 낸다.

어쨌거나, 근현대를 꿰뚫는 중국 민중의 고단한 삶의 외적 환경은 삶이란 것에 원초적 삶 이외의 것은 감히 꿈꿀 엄두도 내지 못하게 만든다. 뭣 때문에 사는지, 왜 사는지, 인생의 진정한 가치 따위가 어디에 있는지 묻지 말란 얘기다.

그래서 결국엔 그것이 누구의 삶이든 살아가는 것만으로도 강하고 슬프면서 또 아름답고, 위대한 것이란 주석을 따르게 하니까.

재산을 잃고, 부모님을 여의고, 사랑하는 아들 유경을 너무도 어이없이 땅에 묻게 되고, 급기야 놓아였던 사랑하는 딸 봉하마저 난산 끝에 목숨을 거두는 것으로 복귀란 이야기 속 주인공의 삶의 비극은 마감되지 않는다. 이윽고 간난을 같이했던 아내 '가진'마저 두 아이를 먼저 떠나보냈으니, 차라리 평안하다며 숨을 거두게 된다.

불행은 여기서 끝나지 않는다. 사위인 이희는 봉하의 목숨과 맞바꾼 아들 고근을 양육하기 위해 거친 일을 하다가 사고로 죽게 되고, 외조부 복귀의 손에 맡겨진 고근마저 어이없는 죽음을 맞게 된다.

무슨 죽음이 이렇게도 많은가? 그것은 삶에 대한 반어가 아니었을까? 반어이기도 하고, 역설이기도 하다. 살아간다는 것은 죽지 않았다는 것이고, 어쩌면 삶이란 것은 끊임없이 죽음을 향해 내달리는 것이니까 말이다.

외적 상황이 그다지 심각하게 살아가는 것에 간섭을 하지 않는 시대에 태어난 우리들의 현재적 의미를 이 소설에 반추한다면, 지금 우리들의 삶이야말로 유토피아를 한참 상회하는 것이다.

그러나 먹을 것이 넘쳐나고, 홍위병들이 의식을 강요하는 시대가 아닌, 저마다의 자유의 넘쳐나는 시절에도 사람들은 여전히 불행을 떠올리고, 심지어는 앞장서서 삶을 포기하기까지 이른다.

이 불공정과 불합리를 어떻게 해석해야 옳을까? 혹시 공정하지 않음이, 합리적으로 이해할 수 없는 것이 바로 삶의 실체는 아닐까?

노아 고든 「위대한 영혼의 주술사」

삶의 견실한 토양은
이해와 사랑

칠월 초순 다리를 조금 삐끗해서 불편해진 이후, 내게 넘치듯 밀려오는 여름의 여유가 무료함으로 얼굴을 바꾸고 나타난 것은 처음 있는 일이었습니다. 방학 중 수업이 다른 이들보다 일주일가량 먼저 끝났지만, 늦더위와 신경을 건드리는 무릎 탓에 여름을 앓기만 했습니다.

어제는 아침을 먹자마자 도시락을 싸서 덕유산 계곡 아래로 곧장 달려갔습니다. 근 두어 달 만에 처음으로 산길을 걸어도 보았습니다. 왈칵 어머니 품에라도 안긴 듯한 그 포근함과 특유의 내음이 내 온 영혼을 빨아들일 듯 하였지요.

1㎞ 남짓 걸어서, 호젓한 계곡 물가에 자리를 깔고 배낭 속에 챙겨온 책을 펴들었습니다. 권당 쪽수가 450을 넘는 두 권의 책 '위대한 영혼의 주술사(원제: SHAMAN)'.

요란스럽던 물소리가 뚝 그치고, 나뭇잎 사이로 간간 비춰들던 햇살의 눈 부심도 이내 사라졌습니다. 그리곤 이내 남북전쟁 전후의 미국 역사 속으로 빠져들었습니다.

정치적인 이유로 고국인 스코틀랜드를 떠나 미국에 이주하게 된 의사 '롭 제이 콜'이란 인물을 통해서 바라본, 도전과 변화와 갈등의 소용돌이 속 미국사. 책을 읽는 내내 나는 마치 그 역사와 삶의 현장을 직접 경험해 본 듯한 생생한 느낌에까지 젖어 들었답니다. 리얼리티와 상상력을 잘 버무려 서사성으로 잘 갈무리한 작가의 붓끝에 완전히 포로가 되었던 셈이지요.

가치와 관점을 어디에 두고 세상을 바라보느냐에 따라 악한 것도 미화될 수 있고, 더없이 선한 사람도 어느 날 문득 죄인이 되어 나타날 수 있는 것이란…… 결국 변명이 되고 마는 것일까요? 제대로 구축되지 못한 설익은 사회와 제도의 잘못이라는 것.

'닉 홀덴' 같은 정치가는 인디언들에 대한 두려움과 적개심을 가진 주민들의 투표용지에 기표 도장을 자신의 이름 아래 두기 위해 인디언들을 축출을 일삼습니다. '미국당'의 일원들은 자신들을 엉뚱한 피해자라고 생각하는 편집증 환자들이지요. 이주한 외국인들이 당연히 미국에서 태어난 자신들의 몫이어야 할 땅이며 권리들을 빼앗아 간다는 생각이 엉뚱하게도 그들에 대한 증오와 박해로 이어지는 것 말입니다. 충직했던 '얼든'의 최후 고백은 샤먼에게도 독자인 내게도 그래서 더욱 충격적인 것이었습니다.

그러나 결국에는 이런 불합리와 편협함과 갈등과 역사의 소용돌이 속에서도, 희생당한 인디언들이며, 영혼을 가진 인간 특유의 양심과 그에 따른 휴머니즘들이 훗날 더 올곧은 미래를 만드는 밀알이 되어준다는 메시지는 겉으로 크게 드러내지 않는 작가의 목소리라 생각합니다.

'인디언의 혼을 갖고 태어난 백인 샤먼……'이란 부제가 설핏 이 소설이 혹 인디언과 그 정신세계에 관한 조금은 낭만적이고 동정적인 얘기가 아닐까 하는 상상을 하게 하였습니다. 실제 '마쿠와이쿠와'란 인디언 주술사며 여러 인디언들이 등장하고, '롭 제이'와 그의 아들 '샤먼'이 그들의 정신세계를 이해하고 부분적으로 수용하기도 하지만, 그것이 삶을 이끄는 정신세계의 전면을 차지하는 것은 아니란 말입니다.

오히려 이 책은, 사람의 이기심이 불러일으키는 적개심들이 얼마나 터무니없는 상처를 만드는 것인가를 말해주기도 합니다. 아울러 이해하고 사랑하는 마음이 얼마나 삶의 건실한 토양이 되어주는 것인가를 웅변합니다. 또한, 이를 실천하는 자가 바로 '위대한 영혼의 주술사'임을 말해주기도 합니다.

신경숙, 『리진』

그렇게 들끓던 더위는
어디로 가고

구월입니다.

줄기차게 내리는 비 탓도 있지만, 시간이 지면 물러갈 더위라고 생각은 했었지만, 막상 어깨깃을 싸하게 감싸 안는 밤공기와의 느닷없는 마주침이라니…… 그렇게도 들끓던 여름 더위는 어디 갔을까. 살짝 서운한 생각도 들었습니다.

온갖 푸념과 군소리로 박대를 받았던 더위가 만약, 귀라도 가지고 있어 이 말을 듣게 된다면 입을 삐죽거리기라도 하겠지요. 하지만, 세월과 함께한다는 미운 정 고운 정이라는 것들이 어쩌면 이와 같은 것은 아닐까 하는 생각을 했답니다.

보충 교재에 신경숙의 '외딴방'이란 소설 한 대목이 나왔습니다. 학생들에게 읽어 볼 것을 권했지요. 도서관 서가를 어슬렁거리다가 도무지 어떤 책을 골라야 할지 난감할 적에, 이 책이 눈에 띄면, 주저 말고 빼 들라고.

며칠 전엔, 그녀의 최근 소설 '리진'을 읽었습니다. 성공한 작가의 명성에 걸맞게(?), 작품이 독자들 손에 쓰다듬어지기도 전에 매체를 통해 쏟아붓는 광고가 못내 미심쩍었습니다. 어정쩡한 분량을 판을 줄여서 2권으로 나누고, 내로라하는 출판사는 심혈을 기울여 홍보를 합니다. 그게 수상쩍어서 고개를 돌리려고 했지만, 그들이 독자들의 궁금증과 관심을 전략적으로 얻어내는 데에 성공을 한 것일까요? 그냥 무작정 읽어보고 싶었습니다. 다만, 돈 들여 살것이 아니라 틈나는 대로 도서관 서가를 기웃거리다가 '운 좋은 만남(서가에 머물 시간이 없을 정도로 대출이 잘 되는 책이었나 봅니다)'을 기약하고 기약하기를 근 한 달 가까이했으니까요.

안 팔리는 그림이거나, 관객 없는 연극이거나, 안 읽히는 시보다는 상업성의 혐의를 받더라도 독자들에게, 관객들에게 다가갈 수있는 예술이 더 존재 이유가 있다고 말한다면, 그것은 성급한 '타협'이 될까요?

작가는 나의 어설픈 감상평에 얼굴을 찌푸릴지도 모릅니다. 뭐, 그러나 그녀의 작품에 대한 숭배(?) 열의가 대단한 독자들도 많으니 나 같은 독자 하나쯤 두는 것도 큰 탈은 안 되리라 생각합니다. 나는 주로 조금 비판적인 관점으로 읽었던 이 소설 얘기를 하려합니다.

가상한 노력이 엿보였습니다. 그러나 이 문장은 지나치게 '작위적'이란 말로 뒤집을 수 있는 말이기도 합니다. 소설은 어차피 꾸며낸 이야기이고, 그런 면에서 본다면 철저히 '작위적'일 수밖에 없는것이지요. 어쩌면 자전적 체험을 바탕으로 한, 그녀의 대표작인 '외딴방'조차도 작위적인 것이라고 말할 수 있으니까요. 그러나, 외딴방을 읽는 동안만큼은 이야기와 인물 내면으로의 여행에 어색함은 없었습니다. 자연스러운 몰입이 되었다는 말이지요.

내가 여기서 말하고자 하는 작위적이라는 것은, 애매모호한 개연성을 수습하기 위해 이야기를 조작한 흔적이 너무 역력한 것을 두고 하는 말입니다.

영화도 그렇지 않습니까? 차라리 주성치의 〈소림축구〉라는 홍콩영화는 대놓고 허풍을 크게 한 번 떨어보겠다고 공표를 합니다. 그래서, 그 기상천외의 비현실적인 장치는 그야말로 감탄을 넘어서 감동표도 될 수 있습니다. 차라리 몰입이 잘 된다는 거지요.

그런데 이 작품은 사실적인 역사와 역사상의 인물을 배경으로 두고도 도무지 온전한 몰입이 되지 않습니다. 이건 뭐 어쭙잖게 아닌 것 같기도 하고 그런 것 같기도 한 애매함.

물론 이야기의 흥미를 불러일으키는 장치가 있습니다. 두 번에 걸쳐 나타나는 신데렐라 식의 통속성이 그 요소의 하나입니다. 천애 고아인 주인공이 궁에 들어간 것이며, 철인대비와 명성황후의 사랑을 받으며 일약 궁중의 꽃이 되는 장면 하나. 그리고 콜렝이라는 프랑스 공사의 눈에 들어 단박에 프랑스 사교계의 마담이 된 장면 둘.

이 장치로 말미암아 확보한 것은 '통속적 재미'입니다. 확실히 예술이거나 문학의 대중화를 위해서는 소홀히 할 수 없는 담보물이지요.

그러나 이 작품을 역사소설의 한 갈래로 볼 수 있다고 한다면,

이 장면이야말로 치명적인 결함이 되는 것이라 할 수 있습니다. 이런 경우, 작가가 의미심장하게 역사적인 어떤 사실에 교훈을 끌어오거나 현재화하고자 하는 데에 적잖은 장애 요인이 된다는 말입니다. 동화와 역사는 엄연히 다른 영역이니까요.

둘째, 부침(浮沈)이 심한 리진의 생애는 단연 흥미를 불러일으키는 최대 요소라 할 수 있습니다. 신분 제약이 분명한 궁녀에서, 왕비를 향해서도 '저는'이라는 호칭을 쓸 만큼, 주체적인 의식으로의 변모는 신분 해방을 넘어서 근대적 자아의 실현이라는 거대 담론의 형성마저 가능케 하는 것이었습니다. 그러나, 그러함에도 불구하고 다시 조선이라는 족쇄와도 같았던 봉건으로의 회귀는 '향수'거나 '모성에의 그리움'으로 설명하기에 무엇인가 개운치 않은 뒷맛을 남깁니다.

좋습니다. 어찌하였건 간에, 대중적인 호감('대중성'이란 말이 오해될까 봐서)을 얻는 데에는 어느 정도 성공한 작품입니다. 문학이 그러한 달콤함을 바탕으로 은연중 다른 사람들의 뇌수에 어떤 생각의 씨앗을 심어줘야 하는 것이라고 한다면 그 씨앗, 즉 독자들에게 새겨두고자 하는 이 작품의 진정한 목소리는 무엇일까요?

제국주의의 횡포? 구한말 비참한 조선? 다른 각도에서 바라본 격랑기 명성황후의 인간적 면모 내지는 모성애? 강연, 콜렝, 리진의 사랑 찾기? 봉건에서 벗어나는 진정한 자아? 이 부분이 가장 모호한 부분입니다. 소설의 총체성으로 보면 열거한 것들을 포함한 모든 것들이 될 수도 있고, 그 어느 하나도 분명치 않은 듯한 느낌 말입니다.

시대와 역사의 상황이 한 인간의 삶에 어떤 영향을 주는가. 외부 세계의 폭력성 앞에 과연 인간은 참다운 인간성이란 무엇인가? 어떻게 그 격랑을 이겨내거나, 격랑의 파고 앞에 주저앉고야 말았는가. 범위를 좁히거나, 분명한 선택을 했어야 하지 않았나 하는 생각입니다.

'외딴방'을 비롯한 작가의 단편에 눈높이가 고정된 탓인지도 모릅니다. 어쩌면, 눈길을 백 년도 더 이전으로 돌린다는 것 자체가 갖는 부담이랄 수도 있겠지요. 재미있게 읽은 책이긴 하지만, 조금 아쉬운 여운이 남는 그런 소설이었습니다.

리인홀트 메스너, 「내 안의 사막, 고비를 건너다」

내 안의 사막

묘한 '동음이의'입니다. 고비사막일 수도, 삶의 어떤 힘겨운 고갯 길일 수도 있는 '고비'란 이름. 물론 후자의 경우라면 건너는 것이 아니라 '넘다'라고 해야 옳은 표현이겠지요. 문제는 그 사막이 중앙 아시아를 가로지르는 물리적 공간에 놓여 있는 것이 아닌, '내 안', 즉 내 마음속에 존재하는 사막이라는 것입니다.

너무 비관적이고 비약이 심한 표현인가요? 우리는 모두 인생이라 는 사막을 건너고 있습니다. 저마다의 오아시스를 꿈꾸면서……

이 책을 읽기 전에, 책 제목을 밝히기가 조금 그런 국내 작가의 장편소설 두 권을 읽었습니다. 그러나 기대의 지평은 끝끝내 열리 지 않았답니다. 내 의식의 상태가 그러했건 이해가 부족한 독자를 잘못 만났건 간에 지리멸렬했다는 느낌으로만 마무리되는 비극적 결말(?)을 맞이했었으니까요. 그 틈 사이 반사 이익을 얻은 책이랄 까요?

베르나르 올리비에의 '나는 걷는다'라는 책 세 권을 즐거이 읽었 던 기억이 새롭습니다. 올리비에가 그랬던 것처럼, 고비를 넘는 이 남자 또한 예순의 나이, 유럽의회 의원이라는 세간의 주목과 세상의 눈으로 보면 더없이 보장된 현실의 안락함을 뿌리치고 죽음과도 같은 황량한 중앙아시아 고비사막을 가로지르게 됩니다.

모험 자체를 즐기기 위해서라면 미친 짓이지요. 죽음을 놓고 흥정을 벌일 만큼 모험은 그 자체로 가치 있는 일이 아니니까요. 그리고 그 장소가 군이 사막일 필요도 없습니다.

> 고유한 개인적인 법칙에 따라 살아가는 자율적인 인간으로서, 나는 어떤 인위적인 규칙이나 규범이나 기준이 없는 곳에서 나 자신을 시험하고자 한다. 오직 자연과 인간적인 척도만 있는 곳에서 말이다.
>
> - 리인홀트 메스너, 『내 안의 사막, 고비를 건너다』, 황금나침반, 43쪽

조직화된 사회가 요구하는 온갖 요구와 의무와 규격에서부터 자신을 벗어버림으로써, 그야말로 텅 빈 無로 맞이하는 세상에서 들여다볼 수 있는 자연으로서의 사막은 얼마나 시원(始原)의 존재를 들여다볼 수 점에서 매력적인 공간일까요.

나도 얼마나 사막과 같은 공간을 자주 꿈꾸는지 모릅니다. 사람들이 그저 말하는 무모함이거나 열정의 과잉 같은 것은 아니랍니다. 조직화된 사회 구조 속에서, 구성원으로서 의무를 다하면서, 그 의무 수행의 상급으로 내려주는 보장된 편안한 삶 속에서 진정한 자신의 내면을 들여다보며 존재의 의미를 찾는다는 것은, 마치 포장된 규격 상품을 고르는 행위와 같다는 생각이니까요.

폭우와 태풍

그리고, 여름을 방불케 하는 더위……

속에서도 구월은 저 홀로 깊어져, 어언 시월을 꿈꾸고 있습니다.

아사다지로, 『지하철』

시간의 정체

　홍잉의 '굶주린 여자'란 책의 잔상이 오래도록 남아 있었습니다. 그런 까닭이었겠지요. 서가를 거닐 때마다 홍잉이란 작가의 이름이 눈에 들곤 하였는데, 멈칫 책을 들었다가 놓은 것이 몇 번일까요. '영국연인' 그런데, '연애소설의 백미'라니…….

　'굶주린 여자'가 주던 잔인할 정도의 섬뜩한 현실과 삶에서 받았던 강한 인상이나 감동은 고사하고, 이왕 시작한 책이니 마지막까지 읽어 보고 판단하자며 시간을 미루는 나 자신을 원망할 지경인 책이었으니, 여기에 옮기는 짧은 얘기마저 시간 낭비라는 생각이 들 정도의 책이 '영국연인'이었습니다.

　기껏, "성과 사랑은 하나다."라는 말. 성과 사랑이 서로 분리될 수 없음을 표현하고자 했다는 작가의 늘어놓은 한 마디 정도가 생각 언저리를 배회한다고나 할까요.

　또, 몇 번 들었다 놓기를 반복했던 책이 있는데 아사다 지로의 '지하철'이란 소설이었습니다. 선입견이란 참 무서운 것이로구나. 내가 지하철을 다시 내려놓았던 이유는, 제목이 풍기는 도회적이고

즉물적이며 기계적인 뉘앙스 때문이었습니다.

팍팍하고 막막한 삶을 기계적으로 살아가고 있는데, 책 속에서까지 새삼 그런 숨 막히는 삶을 반추해 볼 필요가 있나 하는 것이었지요. 그러나 이 책은 펼쳐 들고 읽기 시작한 순간 나는 이 소설이야말로, 손에 놓지 않고 끝까지 읽을 만한 작품이란 걸 단박에 직감할 수 있었습니다.

중국 작가들의 너스레나 과잉 상상(?)도 아니었고, 사소설로 불리는 지극히 사변적이고 극단적인 개인의 삶을 다룬 그런 일본 특유의 소설도 아니었습니다. 시간의 기억 속에서 사람, 인간에 대한 이해와 삶에 대한 성찰을 일궈내는 소설입니다.

지하철을 중심으로 잃어버린 이해와 사랑의 고리를 찾는 시간 여행을 하는 구성을 취하고 있습니다. 언뜻 보면, 영화 〈백 투 더 퓨처〉 같은 비현실적인 얘기로 들리겠지만, 이 소설의 시간 여행은 하나도 이상스러울 것이 없습니다.

소설 속에 시간이란 것은 '기억이라는 어두운 흐름 속에서 고독한 인간을 태우고 왔다 갔다 하는 작은 배'였으니까요. 지하철이거나 꿈이라는 것은 그러니까 한 인간의 내면에서 기억의 시간을 관통하는 타임머신과 같은 역할을 하는 존재이지요.

서로의 문을 닫아걸고, 무심한 시간 속에서 저마다의 길만 재촉하는 지하철 속의 무표정한 군상들이 아닙니다. 스스로의 내면을 끝없이 응시이며, 삶과 주변에 대한 끝없는 이해를 갈망하는 사람들에게만 찾아오는 그런 작은 배인 것입니다.

"지하철, 하고 속으로 글자를 써보니, 동화에 나오는 성냥처럼 슬프고

따뜻한 불이 마음 속에 켜졌다."

- 아사다지로, 『지하철』, 문학동네, 160-170쪽

작중 인물이 대하는 지하철에 대한 묘사입니다. 작품 속 주인공인 '신지'에게 지하철은 피하고 싶은 기억의 공간입니다. 아버지와의 불화로 집을 뛰쳐나온 형이 죽은 곳이기 때문이지요. 그의 죽음과 그것으로 말미암아 신지의 인생은 그야말로 유전(流轉)을 거듭합니다.

그러던 30년 후, 다시 기억의 흐름 속으로 지하철은 신지의 시간을 옮겨 놓게 됩니다. '불화'와 '단절'로 뒤엉킨 결과는 어느 매듭에서 비롯된 것인지, 무엇을 제대로 바라보지 못한 것이 삶을 통째 뒤틀리게 하였는지, 시간 속에서 '미치코'와의 만남이란 도대체 우리 삶에서 무엇을 의미하는 것인지…….

무엇보다 이 소설의 미덕은 '재미있게' 읽힌다는 데에 있습니다. 낯설지 않은 삶의 모습 또한 독자를 다소 편안하게 붙잡아 두는 한 이유라 할 수 있습니다.

정치적인 맥락에서 살펴보면 다소 삐딱한 시선으로 볼 수도 있는 부분이지만, 전쟁 전의 시대 상황, 그리고 전후의 혼란상과 그로 말미암은 사람들의 고단한 삶에 대한 반추는, 우리가 겪어온 삶의 모습과 하등 달리 느껴질 만한 것이 없었으니까요.

그러면서도 세부 묘사의 섬세함과 유려함이 주도하는, 줄거리의

자연스러운 흐름은, 이 소설이 지닌 또 다른 매력입니다.

지하철과 함께 나도 어질한 시간 여행을 한 듯한 기분이었습니다. 이 시간 너머에, 혹은 이 시간 이전에 나는 무엇을 제대로 응시하지 못하였던가? 시간 너머의 시간에 넘겨주어야 할 나의 현재는 도대체 무엇일까?

단절된 세계에 있으면 매일매일 자신의 감성이 사라지는 것을 알 수 있고, 아름다운 것을 아름답다고 느낄 수 없게 된다는 작가의 변(辯)처럼, 우리는 단절된 세계 속에서 휙휙 많은 것을 의미 없는 시간에 던져주며 살아가고 있으면서도, 진정 아름다운 것들을 잃고 살아가고 있는 것조차 깨닫지 못하는 채로, 되돌아볼 줄 모르는 삶을 살아가고 있는 것은 아닐까요?

장석주, 『새벽예찬』

외로움은 참으로 견디기 어려운 것이지만

　지리산을 거쳐, 화엄사로 내달려 보았답니다. 때마침, 저녁예불이 시작되었지요. 법고의 우르릉거리는 소리가 노고단으로 이어진 산자락을 모두 휘감았습니다. 그 소리 속에 하나둘 사위어가는 산의 곡선들, 추위 속에 조금은 얼얼해진 귓불처럼 아슴푸레하게 밝아오는 대웅전 불빛……

　운판, 목어에 이은 범종 타종에서는 여느 사찰과 달리 당목(撞木)을 있는 힘껏 높이 들어 올려, 전신의 힘을 다하여 타종을 합니다. 범종 타종이 끝나고, 법당에서 울려 나오는 목탁과 염불소리가 화음을 이룰 즈음 사위는 완연히 어둠에 묻히고, 대웅전 불빛은 더욱 발그스름한 낯빛이 익어만 갑니다.

　제법 쌀쌀한 날씨와 평일의 한가로움이 내게 와 안긴 그 저녁 겨울 산사의 분위기는 정녕, 지상의 것은 아니었습니다. 벌써 몇 년 전 달마산을 찾았다가, 미황사에서 하룻밤 머물렀을 때에도 새벽예불 시간에 대웅전에 들렀다가 촛불의 고즈넉한 빛에 매료된 적도 있었습니다. 불교 신자는 아니지만, 사람 드물고 약간의 외로움이 묻어나는 그런 산사의 분위기는 정녕 나를 매혹시키는 그 무엇이 있습니다.

집에 돌아와서, 집 나서기 전 읽던 장석주의 산문집 '새벽예찬'을 마저 읽었습니다. 맘이 무엇인가로 몹시 헝클어져 있을 때, 스산스러운 맘이 갈피를 잡지 못하고 뒤채기만 할 즈음 그의 책을 읽으면, 더불어 그의 고적함에 나도 '마알개지는' 느낌을 갖습니다.

그러나 어찌 된 심산지, 책 속에서 그는 한사코 외롭지 않다고 말합니다. 책 속에서, 그의 책을 읽고, 무작정 찾아온 서른 너머의 여인은 끝까지 선생님은 외로운 분이시라며 말하고.

작가는 끝까지 외롭지 않다며 말을 바꾸지 않고는, 마침내 화가 난 여인이 어두운 길을 되짚어 가버렸다는 일화를 소개하면서, 아래와 같은 말을 보탭니다.

> 누군가를 향해 마음을 열고 있는 사람은 외롭지 않습니다. 세상의 모든 사람에게 향한 마음의 문을 닫아건 사람은 외로운 사람이지요.
>
> - 장석주, 『새벽예찬』, 예담, 239쪽

그의 제시한 말은 구구절절 옳지만 일반적이며 이론적인, 그래서 어쩌면 공허하게 들릴 수도 있는 교과서적인 교훈과도 같은 것일 뿐…… 그럼에도 불구하고, 그의 글에서는 외로움이 묻어나는 것을 정작 작가 자신만 모르는 것일까요?

그가 혼자 살기 때문에 특별히 외로움을 더 많이 느낀다는 얘기가 아닙니다. 술에 취한 듯 흐느끼는 듯 외로움이란 존재 자체를 부정해 버리면서 살아가고자 하는 사람들에 비해 더 외로움을 많이 느낄 수 있는 것은, 외로움을 직시하는 까닭에 있습니다. 깨어 있기 때문에, 무던히 자신을 정면으로 바라보는 일을 피하지 않는 까닭에 더욱 외로운 존재가 된다는 말입니다.

내 생각은 이렇습니다. 내가 외로운 존재임을 깨닫는 것은 그래서 자신의 나약함을 인식하는 것도, 나의 부끄러운 모습을 보이는 것도 아닙니다. 자신의 외로운 영혼을 깨닫는 것은 깨어 있는 삶의 한 징표일 수 있는 점이란 것입니다.

작가는 그러나, 설마 외로움이란 감정을 치장해서 책 몇 권 팔아먹는 사람으로 인식되는 것이 부담스러워 극구 외롭지 않다고 말한 것은 아니었을까요? 아니면 그가 장면마다 인용해 놓은 '노자'의 유유자적함과 그윽함, 그런 것들과 외로움이란 것들은 격이 다른 곳에 있어서 서로 조화가 되기 어렵다는 생각에, 시도한 차별화 전략(?)일까요.

내가 그의 글에 동화되어 마음의 갈피가 덩달아 내려앉는 느낌을 갖게 된 것을 곰곰 생각해 보면, 그의 집을 찾은 여인과 마찬가지로 그가 가진 외로움에 있는 것 같습니다.

내 생각에 그는 다만, 그 외로움을 이겨내는 방식이 다른 사람과 달리 고단수인 셈이지요. 시쳇말로 방방 거리는 식이라든지, 폭음이라든지 무절제한 자아 남용과 같은 '자기 소모'의 방식으로 그 외로움에 투항하는 것이 아니라 관조와 명상과 독서 같은, 보다 한

차원 승화된 방식으로 견뎌내는 방식 말입니다. 여기서 나는 처음엔 '이겨내는'이란 말을 썼다가 다시 '견뎌내는'이란 말로 바꿔씁니다.

외로움을 이겨낼 수 있는 사람이 있을까요? 말장난인가요? 근원적, 본질적 외로움을 이겨낼 수 있는 존재란 이 지상에는 없다는 생각입니다. 정도의 차이, 농도의 차이, 상황의 차이일지언정 숙명처럼 인간에게 주어진 외로움이란 일찍이, 그 누구도 피해 갈 수 없었고 이겨낼 수조차 없는 것은 아닐까요.

그래서 나는, 견뎌내는 사람과 견뎌내지 못하는 사람이 있을 뿐이라는, 다소 이분법적인 사고를 하게 됩니다.

그의 외로움에 대해, 마치 청문회를 하듯 실체를 따지고 늘어지는 형국이 되고 말았습니다만, 외로움은 그의 것만도 아닌 우리 인간 모두의 공통분모입니다.

장석주 작가가 이 글을 볼 일도 없을 테지만, '견디는'이라는 말이 조금 옹색하게 들렸다면 용서하십시오. '이기는'이라고 하면 보다 더 그럴싸해 보이겠지만, 전적으로 이건 내 소심한 생각이 빚어낸 어휘 선택입니다.

외로움은 참으로 견디기 어려운 것이지만 그 외로움을 맞이하고 견뎌내는 것이란 어쩌면 우리가 인간인 까닭에 갖는 근거 있는, 삶의 한 자랑이기도 합니다.

한차현, 『여관』

현실과 환상 사이

　한차현이란 작가의 '여관'이란 제목의 소설을 읽었다. 표지부터 특이하다. 남다르다. 제목인 '여관'으로 온통 도배가 되어 있다. 여관여관……관여관여관여……여여여……관관관…….

　해체(解體)의 냄새가 물씬 난다. 통속적 불륜이거나 특유의 낯선 내음이 스멀거리지 않는 바 아니나……. 이건 말도 안 돼. 난도질, 서사의 기본적인 원칙조차도 무시되는 어불성설…….

　그러나, 이 제목의 시니피앙이 불러오는 이전의 낯섦이 오히려 정겨웠다. '은밀한'이 아니라 '내밀한', '저속함'이 아니라 '정겨움'인 시간과 기억들의 성감대.

　시니피에는 무엇일까? 현실과 환상을 넘나든다. 현실의 허구성과 규격성을 넘나들며, 궁극적으로 갈망하는 것이란 진정한 자유로의 소통…….

　이 여관 저 여관 마음만 내키면 언제나 떠돌 수 있는 자유. 그럼에도 불구하고, 그는 만남을 갈망한다. 자유로움은 기실, 격리이기도 하며 사회와의 단절을 의미하는 것이므로.

ㅁ과의 만남, 그리고 교통에의 소망은 오히려 철저히 조직화되고 권력화된 외부 세계로부터 짓밟히게 된다. 기호화되고 코드화된 〈매트릭스〉의 한 장면을 패러디하려 한 것일까? 어디까지가 환상이고, 어디서부터가 현실인가? 현실의 코드에 중독되어 살아가고 있다.

그러나, 이것이 내 존재의 진정한 현실이란 증거가 도대체 어디에 있다는 말인가? 때로 인정할 수 없는 몸부림들이 거대한 사회 조직 체계의 몰매를 맞기도 한다.

그대는 현실 속에 있는가?

환상을 현실로 오인하고 살아가고 있는 것은 아닌가?

현실을 환상으로 바꿔 살아가고 싶은가?

독서 산책

쑤퉁, 『쌀』

세상다운 세상이란?

'눈물'에 이은 쑤퉁의 소설을 두 번째 읽는다. 오전 10시경 읽기 시작을 했는데, 오후 시간 잠깐 외출을 했던 것 외의 시간으로 줄곧 읽었다. 제법 두툼한 책이었는데도, 읽기를 멈추지 못하게 하는 소위, '선 굵은 서사'의 마력에 빠져버린 것이다.

'눈물'에서 거침없는 입담에 입을 다물지 못했건만, 그것이 '설화'를 바탕으로 한 것이기에 곳곳에 숨겨진 메타포를 읽어내는 어려움이 문득 길목을 차단하곤 했었다.

반면, '쌀'은 거침없다. 서사가 거침이 없으며, 연민이나 동정이거나 인정을 기대하는 독자의 마음 한쪽조차 매정하게 뿌리치고 달려 나가는 데에도 주저하지 않는 인물 묘사는 압권이다. 발가벗겨버린 인간의 비정함, 그 극단.

홍수로 물바다가 된 고향을 떠나 도시에 첫발을 들인 '우룽'이 맞닥뜨린 비정한 도시의 현실이 그를 돌이킬 수 없는 악의 화신으로 몰아가는 단초가 된다. 물론 이 소설에서도 '쌀'은 하나의 거대한 메타포다. 생존이 될 수도 있고, 물질이 될 수도 있고, 인간 삶의 고향일 수도 있으며, 집착이 될 수도 있는 다의성을 품은.

우롱의 악마적 현현(顯顯)은 순박했던 복녀가 도덕적 의지를 팽개치고 물질의 노예가 되는 과정을 떠올리게도 하였다. 하지만, 장편이란 거대 담론을 통해 줄기차고도 맹렬하게 그러나 일말의 연민이라든지 동정심도 가미하지 않은 채 발가벗기는 인간성의 실체는 실로 소름이 돋을 정도의 섬뜩한 것이었다.

증오와 복수와 끊임없는 가학과 불륜과 탐욕의 아수라장⋯⋯ '쌀'에서 그린 도시의 모습이다. 어쩌면, 끊임없는 탐욕이 미덕으로 칭송되고 있는 자본화된 삶의 현장은 아닌가? 인간 삶에 대한 회의? 인간성에 대한 재고? 현실의 비정성?

그 어떤 것이 아닐 수도, 모든 것일 수도 있다. 알다시피 소설이란 것은 삶을 그대로 옮겨 놓은 것은 아니지만, 가능한 현실의 재구성쯤에 해당되는 것이라 말할 수 있으니까.

처음, 주인공에게 '쌀'은 생존이었다. 사흘을 굶은 그에게 생존을 위해 찾은 도시는 그에게 더 할 수 없는 비정함과 모멸과 인간 이하의 굴욕을 강요한다. 부둣가 패거리들에게 손을 짓밟히면서 돼지머리 한 점을 먹기 위해 그들을 아버지라 부르며 조소를 당하는 것으로부터, 쌀집에 이르러서도 '거렁뱅이' 취급을 받으며 온갖 수모를 당하며 그는 서서히 잠들어 있던 내면의 마성(魔性)을 깨워낸다. 한번 깨어난 마성은 자기방어라는 기제로 정당화되고, 더욱 걷잡을 수 없는 타인에 대한 가학과 탐욕으로 일그러지게 되는 것이다. 일종의 생존 게임과 같은 것이기도, 전쟁과 같은 것이기도 하다. 먼저 상대를 죽이지 않으면 내가 죽는다는 식의 내면화…….

이 소설을 두고 이런 말 충분히 나올 법하다. 환경결정론, 성악설 뭐 이딴 거 말이다. 현실이 그를 그렇게 일그러지게 만들었다는 측과 제아무리 현실이 그렇다 하더라도 근원적으로 선한 사람이라면 그럴 수 없을 것이라는 인간의 본성에 대한 고찰. 아, 이렇게까지 분석적으로 읽기에는 시간도 그렇고 머리도 좀 헉헉거린다.

그런 것은 비평가들의 몫으로 돌리면 될 일이고. 그저 나 같은 독자는 소설 속 세계에 틈입해서, 미처 드러나지 않은 현실의 비루함과 도시라는 혹은 현실이라는 세계의 또 다른 얼굴 표정을 살펴보기나 할 일이다. 말미암아, 우리가 사는 세상의 모습을 다시 다듬어볼 필요가 있다는 것을 느낀다면 덤의 수확이 아니겠는가 말이다.

우선, 쌀의 문제는 아주 기본적으로는 해결되어야 할 일이다. 쌀은 목숨을 지키기 위해 꼭 필요한 삶의 기둥이라고 했으니까 말이다. (농산물 수입 반대를 외치며 분신하는 농민들의 무슨 핏빛 절규 같다) 그러나, 쌀 너머에서도 결국 파국을 맞이할 수밖에 없었던 그와 그 주변의 삶은 도대체 무엇이란 말인가?

아주 단순한 귀결. 이기(利己)는 팽배했지만, 이타(利他)는 추호도 없었다. 타인을 향한 사랑이란 눈을 씻고도 찾아볼 수 없는 삭막한 세상. 거기가 바로 지옥이며 아수라장이 아닌가. 죽고 죽이는, 뺏고 빼앗는 탐욕만 그득한 세상의 중심에 그가 깃들어 있었던 탓이었다.

두말할 것도 없이, 세상다운 세상이란 서로 사랑하며 사는 삶임을 일러 무엇 하겠는가? 제아무리 쌀이 확보된 세상이라 하더라도 말이다.

쑤퉁, 『나, 제왕의 생애』

마음 헛헛해지는 날이면

2월은 언제나 어수선하다. 언젠가부터, 고요히 한 곳에 머물러 있던 사람들이 불쑥불쑥 길을 떠나곤 하는 까닭이다. 언제나 남의 일처럼 생각되던 정지된 생각에 이별은 문득 문득 균열의 얼굴을 하고 찾아들어 가슴을 베어놓으려 든다. 그것이 정년 혹은 명예 퇴임이든, 잦은 기간제 선생님들의 전근이든, 병으로 인한 휴직이든……

나이와 함께 찾아드는 이 당혹스러운 부재들은 내 삶의 한구석에 알 수 없는 허공을 만들곤 하는 것을 어찌 수습해야 좋을까? 남아 있는 자들은 또한 어떠한가?

업무와 내게 돌아올 조그마한 이득, 그리고 손톱만큼의 편안함을 위해 스스로를 합리화하고 고집스러운 표정도 때로 마다하지 않는다. 나도 그들 사이에 들어, 사뭇 진지하고 심각한 표정을 보태지만, 돌아 나오면 헛헛해지는 자신을 발견하곤 한다.

마음이 이렇게 헛헛해지는 순간이면 나는 곧잘 산을 찾는다. 내내 산길을 걷다 보면, 세상의 얄은 이기에 눌리어서 작은 것에 휘둘려 흐르는 시간의 강물에 휩쓸려가는 내 육신의 모두이거나, 슬금슬금 가라앉는 영혼을 간과해버린 어리석음을 깨닫게 되니까.

당장 산을 찾을 형편이 아니라면, 책을 읽는다. 부유(浮遊)하던 마음들이 비로소 내려앉는다. 백석의 시에서 말하던 것처럼 마음의 앙금이 내려앉게 되면서 어지럽고 혼란스러움에 뒤채던 속에서 비로소 나를 바라보게 되는 것 말이다.

쑤퉁의 세 번째 소설과 만났다. 첫 번째보다 두 번째가, 두 번째보다 세 번째가 더 맘에 든다. '나, 제왕의 생애'. 역시 미덕은 한달음에 책 읽기의 즐거움에 빠져들게 하는 '이야기'의 매력에 있다. 제목이 말하듯, 1인칭 서술자인 나의 나레이션으로 소설은 진행된다.

'나'는 누구? 왕위를 이을 후계자는 아니었으나, 권력을 마음대로 주무르고 싶었던 황보부인(할머니)이 왕의 유서를 위조하여 이복형인 '단문'을 대신하여, 14살의 어린 나이로 섭왕의 자리에 올린 '단백'이다.

'나'에게 제왕은 맞지 않는 옷이었다. 애당초 단백의 자리도 아니었거니와 그럴만한 인물이 아닌 '나'에게 얹힌 제왕의 자리며 섭궁과 같은 것은 이 소설이 말하는 또 다른 상징이다. 이것과 대칭을 이루고 있는 것은 환관 연랑과 함께 품주성 저잣거리에서 보게 된 광대의 '줄타기'며, 단백이 유난히 사랑했던 '새'이다.

나는 그 줄 위에서 무엇을 보았던가? 진실한 내 그림자가 향현의 저녁
빛 속에서 점점 커지는 모습을, 아름다운 흰 새가 내 영혼의 깊은 곳

으로부터 날개를 펴고 자유롭고 오만하게 세상 모든 사람들의 머리 위로 날아오르는 것을, 저 푸르고 끝없는 하늘 위로 멀리 날아가는 것을 보았다.

- 쑤퉁, 『나, 제왕의 생애』, 아고라, 321-322쪽

역사소설? 굳이, 역사소설로 읽지 말아 달라는 저자의 부탁이 아니더라도 나는 이 소설을 '역사소설'로 읽어 줄 생각은 손톱만큼도 없다. 역사에서 소재를 따왔거나, 배경 시간의 시침을 과거로 돌려놓는다고 모두 역사소설인 것은 아니다.

그의 서술은 생의 밝음과 어둠, 세상의 이면과 표면, 자아의 안과 밖을 두루 거쳐 신산(辛酸)을 두루 거친 뒤에 나오는 통달에서 비롯된 것처럼 유연하다. 거침없다. 삶을 말하고자 하는 것이다. '인생이란 이런 것이다'는 것 말이다. 복잡하게 읽는 사람은 복잡하게 읽을 수도 있으리라. 그러나, 단순한 것 아닌가?

자신의 몸에 재능에 여건에 어울리지 않는 제왕으로 불안한 줄타기를 하며 떠밀려가는 삶보다도 폐서인이 되어 평민으로서, 자신의 의지로 줄타기를 하며 희열을 느끼며 자유롭게 살아가는 삶이 훨씬 사람다운 삶, 주인의 삶, 아름다운 삶이란 것 말이다.

쑤퉁은 서문에서 "이 소설은 꿈속의 꿈"이라고 말했다. 제왕에서 광대로, 신분은 한없이 비천해졌으나 행복은 한없이 높아져 가는 단백의 삶을 통해 꿈결처럼 지나가는 우리의 삶을 반추해 보게 된다. 우리 삶이 한바탕 꿈결처럼 스쳐 지나는 것이라면 단백처럼 가

벼운 영혼으로, 두둥실 줄을 타며 행복으로 구름처럼 떠오르는 삶
이 어떨까?

공지영, 『즐거운 나의 집』

살아가는 힘이 되는
합리화

공지영 글의 미덕이란? 변함없이 잘 읽힌다는 것이다. 잘 읽힌다는 것은 첫째 녹슬지 않은 문체가 바탕에 있고, 둘째 서사성이 담보되어 있다는 말이 아닐까.

문체는 언제나 즐겁다. '즐거운 나의 집'의 서사는? 참 애매한 부분이다. 소설의 허구는 어디까지인가 하는 근원적인 물음부터 해결해야 할 판국이니까. 하긴, 분명히 공지영의 장편소설이라는 명약관화한 소설 타이틀을 안고 발행된 책이니. 두말하면 잔소리, 이 글은 응당 소설이며 픽션이 분명하다.

그녀가 화자가 아니라 큰딸을 화자로 내세웠으니 재구성도 틀림없고 게다가 객관적으로 바라본 것까지 되는 셈이니, 현실의 리모델링이 맞다. 현실을 살짝이라도 가공해 드러낸 것이라면 응당 소설이니까.

중견 작가라는, 공인이 되어버린 그의 사회적 위상은 3번 이혼한 여자, 서로 성이 다른 3명의 자식. 그 화려한(?) 이력을 배후에 두고 언제나 조마조마한 자기 정체성의 혼돈 내지는 위태로움과의 아슬한 동거가 아니었을까. 제아무리 당찬 여자 공지영이라도, 그러한 자신의 이력에 주눅 들어 있었을 터인즉, 소설이라는 도구야말로 우리 사회에 만연된, 그 삐뚜름한 눈빛들의 음험한 수풀을 헤쳐낼 수 있는 거의 유일하고도 최상의 무기가 될 수 있는 것이 아닐까도 싶다.

그런 그녀가 그녀의 삶을 바탕으로 소설을 썼다. 자신의 삶에 대한 합리화? 기실, 중간 부분까지 일사천리로 읽어나가다가 이거 뭐야. 순전히 나만 옳소. 다 남 탓이오. 뭐 이런 타령 아닌가 하는 거부감을 가져보지 않은 것 아니니. 일정 부분 그런 면도 부인할 수 없으리라.

그러나, 당사자가 아니라면 이혼과 같은 사적인 결정을 비난할 권리는 그 누구에게도 없다는 작가의 말에 동의한다. 사랑은 삶은, 나누는 그들과 신만 알 수 있는 것이니, 함부로 겉으로 드러난 사실 만을 가지고 재단한다는 것은 너무도 우스운 일이다. 극단적으로 세 번의 이혼이, 사회적 규범의 시선에 거슬린다는 이유만으로 그 사람의 삶이 통째 비난당한다면, 결혼이란 제도 안에 있고 모든 몹쓸 행위를 하는 그 모든 것들은 정당화된다는 말인가?

언젠가 읽었던 김선우의 글에서 작가는 불륜이라는 말처럼 윤리적이지 않은 말은 없다고 말하면서 자신이 아는 한 가장 윤리적인 일은 사랑이고 그 사랑엔 귀천이 없다고 했다.

그녀의 아버지는 자신의 딸이 세 번이나 이혼한 여자가 되는 것은 정말 싫지만, 딸이 불행한 건 더 싫다며 현실을 용인한다. 그리고 다시 그 아버지의 딸인 그녀가 그녀의 딸에게 말한다.

"뭐 딱히 맞는 이야기가 아닐지도 모르지만, 사랑한다고 해서 그걸 꼭 내 곁에 두고 있어야 한다는 건 아니란 걸 나는 이제 알았기 때문이다. 우리는 서로 최선을 다해 존재함으로써 사랑할 수 있는 것이다."

- 공지영, 『즐거운 나의 집』, 푸른숲, 339쪽

어머니의 스무 살은, 혁명의 기운이 모든 것을 사로잡는 시대의 전율에 휩싸여 존재를 찾고 있었지만, 딸의 스무 살은 가족의 해체와 재구성이라는 혼돈 속에서 정체성을 찾아 나가는 과정에 놓여 있었으니, 딸인 화자의 입장으로 본다면 이 소설은 성장소설인 셈이 된다.

소설로 바라보자. 거기서 합리화의 역겨움을 읽어내든, 싱글맘의 당당한 사회적 편견 뛰어넘기를 읽어내든 그것 또한 저마다 읽는 사람들의 몫으로 남겨두면서 말이다.

적어도, 나와 다른 삶을 살고 있다는 이유 하나만으로 나와 생각이 조금 다르다는 이유 하나만으로 앞뒤 가리지 않고 입에 거품 물면서 욕하는 그런 세상은 정말 안타까운 일이다.

당당하다. 거침없다. 그녀답다. 그 속에 드러낼 수 없는 숱한 마음 앓이를 어찌 다 헤아리랴. 그러나, 그것 또한 그녀 인생이니까 존중한다.

누구에게도, 겉으로 드러나는 것 그것만으로 온전한 삶이 아닌 것을 그들 스스로거나 더 높은 곳에 있는 신만 알 수 있는 것이 우리네 삶인 것을 아는 까닭에.

때론 합리화도 살아가는 힘이 되는 것조차도⋯⋯.

정현아, 「달의 바다」

현실과 꿈의 조화
내지는 부조화

    초승달 야윈 눈매가 어언 반 넘어 차올랐다. 오늘은 별빛도 초롱초롱하다. 무더위에 지친 것일까? 그렇게 옆구리가 터지라 울어 젖히던 개구리 소리도 잦아들었다. 녀석들은 모두 어디에 웅크려 있을까?

    한낮 땡볕의 성화에 묻혀 있다 몰려나온 사람들로 여름밤 강변 산책로는 붐비기만 한다. 걷고, 뛰고 기구들을 이용해 열심히 운동을 하기도 하고, 공원 평상엔 삼삼오오 모여서 술잔을 기울이기도 하고, 음식을 나누기도 한다.

    나도 그 틈바구니에서 철봉을 하고, 운동기구를 만져 본다. 그러나 도대체 무엇을 위해 운동을 하고, 무엇 때문에 밥을 먹고, 무슨 의미로 직장엘 다니는 것일까 하는 생각이 불현 몰려들기도 한다. 자전거를 타고 논둑길을 휘돌아 나오는데, 별안간 내가 세상에 존재한다는 것에 의문 부호 하나 뛰어들곤 하는 것이다.

    살아가는 것인가. 살아지는 것인가. 정해진 궤도에 맞춰서 어제와 같은 오늘을 그리고 오늘과 같은 내일을 아무런 각성 없이 살아간다는 것은 과연 살아가는 것인가. 관성적으로 살아지는 것인가?

사람들이 꿈을 꾸는 이유란? 그것은 달을 바라보는 이치와 같은 것일까? 달을 바라보는 것에는 도무지 현실적인 이득이란 없다. 달리기를 해서 심폐 기능이거나 근력을 강화시키는 것도 아니고, 하루의 노동으로 벌어들이는 소득이 있을 리도 없다.

그러나, 달을 바라보면서 아름다움을 그리움을 떠올리게 된다. 그 아름다움과 그리움은 삶을 푸지게 한다. 때로 살아 있음을 살아간다는 것의 고마움을 진저리치도록 고맙게 느끼게도 하니까. 집을 나서는 길에서도, 논길을 휘돌아 오는 길에서도 밝은 달을 한참 동안 올려다보았다.

소설의 구성이 독특하다. 고모가 할머니에게 쓴 일곱 통의 편지와 소설 속 '나'인 은미의 열두 편의 일화가 교차되면서 이야기를 전개해 나간다. 고모의 편지는 '이상'을, 은미의 일화는 '현실'을 내포한다. 또한, 진실이 아닌 고모의 편지는 현실 속에서 괴로워하는 조카 은미의 꿈과 미래를 우의하고 있기도 하다.

고모의 현실은 생존의 삶 그 자체였지만, 그녀의 꿈은 너무 아름다웠다. 어쩌면, 그 꿈이 아름다운 것이란, 이루지 못한 안타까움 혹은 이루고자 하는 소망을 소모적이라는 이유로 내팽개치지 않은 데에 있는 것은 아닐까?

현실적으로는 실현 불가능한, 그러나 우리 인간에게 깃든 정신적인 영역의 강렬함으로는 그 아름다운 꿈의 세상을 언제라도 유영할 수 있는 긍정과 영혼의 경지.

정현아, 『달의 바다』

삶과 꿈을 구분하지 못하면 심각한 일이 생긴다고? 그래서 현실의 법칙에 위배되는 꿈들은 과감하게 접어야만 현실이 건강해질 수 있다고? 달의 바다라고 하는 것은 어두운 현무암질의 넓고 편평한 지대를 말하는 것이고, 운석 충돌에 의한 현무암질 화산 분출로 만들어진 것이며, "바다"라는 이름은 초기의 천문학자들이 실제 바다로 오해해서 붙인 이름임을 명확하게 인식하는 것이 현실이라고?

쉬운 문장? 아니, 편안한 문체라고 해 두자. 그 편안한 문체는 잘 읽히는 소설의 기본적인 미덕이다. '달의 바다'는 확실히 그런 문체의 미덕을 지녔다. 조금은 예견된 반전, 그리고 현실과 꿈의 조화 내지는 부조화를 잘 버무려 놓은 소설이다.

이 소설이 많은 사람들에게 공감을 주는 면이라고 한다면, 확실히 이 지점이다. 저마다의 가슴속에 묻어 둔, 현실과 이상에 대한 끝없이 상반된 갈망을 반추해 내도록 했다는 것.

'현실과 이상'이란 이 두 단어처럼 우리 삶에 조화와 부조화를 거듭하는 것이 또 있을까? 끝없는 갈증을, 갈망을 서로 바라보는 존재들.

삶에 대한 긍정이라고들 하는데, 어떻게 하는 것이 무엇을 좇는 것이 삶에 대한 긍정인지 난 참 헷갈릴 때가 많다. 대단한 것처럼 보이던 결혼이, 사회가, 제도 속의 모든 삶들이 실은 한바탕 꿈과 같은 것이든, 꿈꾸던 것이 현실로 이뤄지는 듯한 환상.

그것이 실제의 삶과 같은 것이든.

박정석, 『쉬 트래블스』

여행 충동을 갖게 해 준 책

'쉬 트래블스'.

서가에서 이 제목의 책 두 권을 발견했을 때 그 한쪽에 쓰인 '라틴 아메리카 다이어리'라는 작은 글귀가 없었더라면 판타지 소설이겠거니 하며 지나쳤으리라.

독특하다. 마치 한 편의 소설을 읽어 나가는 느낌이었다. 두 권은 금세 마지막 쪽을 향한다. 일테면 그녀는 여행의 비밀 아닌 비밀을 말하는데, 지루한 현실 속에 어쩔 수 없이 뿌리 내린 보잘것없는 화초 같은 자신이 제법 그럴듯한 사람이 된 듯한 기분에 잠시 잠기게 하는 것 여행이라 한다. 이런 묘사 부분이 참 맘에 들었다.

그럴지도 모르지. 여행해설서 같은 관광안내서를 방불케 하는 여행기는 전혀 아니었으며, 소위, 때 빼고 광낸 저자의 영웅적인 모험담을 다룬 여행기이거나, 대상을 지나치게 경외한 나머지 누추하고 너절한 것조차 신성시하여 또 다른 판타지를 만들어내는 여행기도 아니었다.

저자의 독특한 떠남의 방식에 대해서는 함구하도록 하자. 저마다의 사연 없는 생이 어디 있으랴. 라틴 10개국을 6개월여 서른 안팎의 여자가 혼자 몸으로 떠나는 떠날 수 있는 그 생의 용기백배. 그 기층 에너지의 외경스러움에 일단 한 표.

관광 상품이 된 듯한, 여행안내서를 옮겨다 적는 방식의 여행기는 작가에겐 참 쉬운 접근인지 몰라도 읽는 사람들에겐 교과서적인 참 따분한, 감정이입이 되지 않는 최악의 것이다.

그런데, 그녀에게는 그런 규격은커녕, 여행을 즐기는 자가 과연 맞을까 싶을 정도의 의외성이 도드라진다. 뭐 이리 성질 드러운(이 경우엔 '더러운'이란 말보단) 여자가 다 있냐고 말하고 싶을 정도의 까탈이며 내면 묘사는 정제된 소설 속 인물의 심리 묘사의 일면을 보는 듯했다. 남루한 여행지의 불결한 이미지들이며 그를 바라보는 작가의 시선은 때로 사실주의 소설의 장면처럼 생생하기만 해서, 그 스멀거리는 불결함이 식도를 타고 올라오는 느낌을 갖기도 하였으니까.

그러나 감동적이었다는 말로 이 여행기의 느낌을 표현하고자 하는 것은 절대 아니다. 때로 위악적인 일면이 엿보이지 않는 바 아니었으며, 여행에서 실로 너무나 중요한 면면들을 간과하는 듯한 안타까움이 시종 한구석에 웅크리고 있었다. 불행의 체험조차도 여행의 한 표정이며 선물이 될 수 있음을, 그녀는 진저리치며 잊으려거나 빨리 지나치려고만 한다는 것도 조금 거슬렸다.

하지만, 시원스러운 문체, 세부 묘사의 섬세함, 과도하기까지 하다 싶을 정도의 내면 응시 등이 이 여행기에서 손을 놓지 못하게

한 동력은 아니었을까. 아, 또 하나 있다. 라틴아메리카에 가 보고
자 하는 내 속 꿈틀대는 욕구…….

그래도 다시 여행을 떠날 이유가 있다면 그것은 기억을 수집하기 위해
서다. 행복했던 기억이야말로 소극적이긴 해도 가장 확실하고도 손쉬
운, 가능한 모든 고통과 맞설 수 있는 내가 아는 가장 효과적이고 강
력한 방법이기 때문이다.

- 박정석, 『쉬 트래블스 2』, 효형출판, 277-278쪽

박주영, 『백수생활백서』

아무 것도 변하지 않게 하기 위해
변해야 한다

제목의 가벼움과 달리, 무거움을 적절히 요리할 줄 아는 이 작가는 참 영리하다. 결론을 내려주는, 해답을 지시적으로 제시하며 '그러니까 이렇단 말씀이야 알겠어?'라고 가르치려는 듯한 태도를, 요즘의 독자들은 얼마나 짜증스러워하는지를 아는 작가란 말이다.

이 책은 왜 읽는가? 왜 쓰는가? 더 나아가서 문학이란 인생에서 도대체 무엇이란 말인가? 좀 더 세부적으로 보자면, 그러한 '문학의 읽고 쓰는 행위와 인생이란 도대체 무슨 상관이란 말인가?'란 질문에 대한, 해답 없는 대답을 시도한 책이라고 내 멋대로 해석해 본다. 책을 읽고 나름의 해석을 할 수 있는 것은 책 읽는 자의 자유니까.

서술자인 나 서연의 책 읽기는 삶을 통찰하기 위한 도구도, 글을 쓰기 위한 자료 수집의 차원도 아니다. 오로지 독서 그 자체가 목적이며 삶 그 자체이다. 그것은 유희의 소설 쓰기나 채린의 연애와 다를 바 없는 것이기도 하다.

채린의 자신만을 위해 인생을 살 듯, 자기 자신을 위해 사랑하는 방식이나, 유희의 자신 인생만을 위한 소설 쓰기 그리고 '나'의 자신만을 위한 책 읽기는 모두 등가된다.

태어난 후 한 번도 땅에 내려앉지 않고 바람 속을 날아다닌다는 영화 '아비정전'의 '발 없는 새'를 인용하면서, 서연은 쉬지 않고 책을 읽을 것이라고 다짐한다. '왜 먹는가?' '왜 사랑하는가?' 란 질문에 '왜 읽는가?'란 질문은 등가 될 수 있으려나?

아래 인용에서 책은 '추억'이거나 '사랑' 혹은 '삶'과 같은 또 다른 상징을 가능케 한다. 바뀌지 않는 것, 버릴 수 없는 것, 잊을 수 없는 삶의 어떤 무엇.

> 시간은 어느덧 사라져 버린다. 그러나 그 시간을 함께한 책은 나에게
> 존재한다. …(중략)… 그래도 바뀌지 않는 것들이 있고 버릴 수 없는
> 것들이 있고 잊을 수 없는 것들이 있다.
>
> - 박주영, 『백수생활백서』, 민음사, 321쪽

그렇다면 독서광으로서 자신의 삶을 만족해하는 서연의 삶은 도대체 어떤 의미란 말인가? 의미를 갖다 붙이기 좋아하는 비평의 시각으로 짜낸다면, 현실의 삶과는 소통 불가능한 문학의 문제점이거나, 소통만을 주된 관심사로 삼는 엇나간 일부 문학 현실에 대한 냉소라고나 해 둘까?

부럽다고 해야 하나? 위축된다고 해야 하나? 작품 속에 만화경식으로 인용된 무수한 책들의 향연.

작가는 쉼보르카의 '여인의 초상'을 인용으로 들려준다. 선택할 수 있어야 한다고, 아무 것도 변하지 않게 하기 위해서 변해야 한다고... 정말 역설적인 표현이지만, 이것은 쉽고도 불가능하며 어려우면서 해 볼만한 일이라 한다.

아무 것도 변하지 않게 하기 위해 변해야 한다?

할레드 호세이니, 『연을 쫓는 아이들』

문학이란
만국 공통 언어

오랜 가뭄이다. 비 온다는 예보의 일요일도 구름은 먼 산을 온통 가렸으나, 그저 찔끔거리기만 하는 한두 빗방울뿐이다. 농부들은 밭작물이 타 들어선, 유례가 없는 최악의 가뭄이라며 태풍이 나쁜 것만은 아니라 입을 모은다. 비바람을 몰고 오기도 하며, 적당히 과실의 개체 수를 조절해서 가격 폭락을 막아주기도 한다며, 재난이 될만한 것도 예찬 모드로 돌린다.

뒤채일 땐 그렇게 간절해지던 평화, 그러나 그가 지속될 땐 또한 격정이 적당히 그리워지는 사람의 이중성 같은 모습을 보게 된다.

작가의 명성에 현혹되어 뽑았던 몇 권의 책, 일본의 감성적인 작가의 사랑에 대한 새로운 통찰, 우리나라 소설 두어 권. 여행기, 산문집 들 중, 구월을 가로지른 늦더위만큼이나 지리멸렬한 책도 있었다. 어떤 책이든 도움이 되지 않는 것 있으랴 속으로 뇌며 끝까지 읽어보려다가 중반쯤에서 책장을 덮은 책도 몇 권도 있었다.

할레드 호세이니의 '연을 쫓는 아이'란 500쪽이 넘는 두툼한 장편소설을 뽑은 것은 정말 우연이었다. 학교 도서관에서 수업 시간에 쫓겨 선택을 못 한 채 서성이다, 돌아서 나오려는 순간에 거의 아무렇게나 집어 든 책이었으니 말이다.

군립도서관에서 빌렸던 지리멸렬(?)한 몇 권의 책들이 손사래를 치며 물러서는 사이로 이 책이 들어섰다. 어라, 아프가니스탄이라?

풍경의 세부 묘사며, 어릴 적 놀이에 대한 서술이 너무도 매끄럽다. 적당하게 넘나드는 입체적인 시간이며, 인물의 내·외면을 넘나드는 심리 묘사는 물론 이야기의 전개도 무척 흥미롭다. 게다가 아프가니스탄이라니 신난다.

외국책에 쉽사리 눈을 붙이기가 힘든 이유 중 하나가 문화와 사고의 이질성에 적응하기 어렵다는 점이다. 그런데 이 책은 이슬람 문화권의 이야기지만, 낯설긴커녕 푸근함마저 느껴지는 이유가 무엇일까? 연 때문인가? 연싸움을 하고, 줄이 끊어진 연을 좇는 모습의 익숙함.

그것도 한 이유가 되리라. 그러나 문학은 소설은 특별한 개별적인 이야기이면서도 보편적 이야기이기도 하다. 아프가니스탄인, 아프가니스탄이라는 낯설고도 이질적인 삶의 양태가 그 특별함이라고 한다면, 사랑에 대한 집착과 질투 그리고 죄의식, 양심의 가책과 같은 인간의 내면은 누구에도 있는 보편적인 특성이니까.

부유한 무역상의 아들 아미르와 그의 이복동생이지만 절름발이 하인의 아들로 알려져 살아가는 하산이 있다. 같은 유모에게서 젖을 먹고 자라났으며, 같은 아들의 자격으로 살아야 마땅할 하산은 그러나, 당대 사회에서 아버지 바바가 갖는 사회적 위상과 제도적

인종 갈등의 복잡한 함수의 희생양이 되어 아미르를 주인님으로 모시며 온갖 궂은일을 마다하지 않는 충복으로 살아간다. 신분상으로는 보상받았으나 심적으로 아버지의 사랑을 흠뻑 받지 못했던 아미르는 하인을 끔찍이 아끼는 아버지를 원망하며 그의 사랑을 갈구하여 끝내는 하산을 도둑의 누명을 씌워 집을 나가게 만든다. 그뿐인가? 아미르를 위해 목숨을 바쳐서까지 희생하려는 하산이 정작 위험에 빠졌을 땐, 자신의 안위를 위해 그의 불행을 외면하고야 만다. 모두가 위태하게 성장해 가는 소년 시절의 이야기이다.

소련군이 아프가니스탄을 점령하고, 아버지와 아미르는 우여곡절 끝에 미국으로 들어가게 되고…… 먼 훗날, 아미르의 스승 격이던 '라힘 칸'의 연락으로 다시 파키스탄과 아프가니스탄을 찾은 아미르의 여정은 양심을 저버렸던 자신에 지난날의 과오에 대한 속죄의 발걸음이었다. 그러면서 진정한 자신을 찾아가는 이야기.

네가 거짓말을 하면 진실을 알아야 할 다른 사람의 권리를 훔치는 것이라고 아버지 바바는 소설 속 주인공에게 이렇게 훈계했다. 그러나 정작 아들은 새로이 알게 된 진실 앞에 더 혼란스러워한다. 하산을 하인으로 살게 한 거짓은 그에게서 신분을 도둑질한 것이요. 가짜 아버지 노릇을 해야 했던 하산의 아버지 알라에게는 명예를 훔친 것이라고. 오직 아버지 바바 자신의 신분과 명예를 위해서.

제도와 관습 때문이라는 변명과 핑계 앞에 나는 또한, 스스로에게 내 삶에게 얼마나 정직하지 못했던 장면이 많았던가. 현실은 그런 것이라며, 삶은 냉혹한 것이라며 스스로에게 면죄부를 부여하면서 행했던 수많은 거짓들…….

이런 면에서 본다면, 이 책은 아이가 어른이 되는 과정을 다룬 성장소설이 아니라 현실적인 것들에 매몰되어 참된 것을 잃어버린 채 가면을 쓰고 살아가는 어른들을 위한 동화라 해도 좋을 법하다. 웃음을 잃고, 실어증 증세를 보이던 하산의 아들 소랍이 연을 바라보며 미소를 되찾는 것처럼 말이다.

인종, 민족, 나라를 뛰어넘어 연을 쫒는(실은 '좇는'이란 표현이 맞다) 아이들이란 순수한 동심의 세계를 좇는 것으로 읽힐 수 있으리라.

교과서 같은 닳아빠진 말 한마디 사족으로 첨가.

문학은 그래서 만국 공통어가 될 수 있는 것.

김별아, 『영영이별 영 이별』

살아 있는 자의 축복이란

연일, 추위가 기록 경신을 꿈꾸기라도 하는 듯 맹위를 떨치고 있습니다. 여울진 곳 말고는 얼어붙어 있던 강이었는데, 이번 추위로 여울진 곳마저도 꽁꽁 결빙에 이를 거 같습니다.

한동안 그렇게 매서운 추위가 없어서, 좀처럼 강이 얼어붙는 일은 없었는데, 지구 온난화라느니, 겨울이 실종되었으니 하는 말들을 무색하게 하는 거 같습니다.

어젠, 할머니 기일이었습니다. 강물들이 싸르륵 어는 소리를 내는 것 같은 밤길을 달려서 큰댁에 이르니, 불면 훅하고 사라질 것같이 '하이얗게' 나이가 드신 큰아버님이며, 큰댁 젤 큰 형님 내외 가물가물한 불빛 아래 계셨습니다.

해마다 더욱 그 쓸쓸함이 더해지는 것은, 마땅히 축제의 한마당처럼 흥성거려야 할 거기에 사람이 없다는 것이지요. 모두 떠나버리고 버리지도 어쩌지도 못한 관례가 장자와 더불어 남겨져 있는 듯한 그 휑한 겨울바람.

모처럼의 여유로운 토요일 밤이고 해서, 전엔 잠자리의 거북함 때문에 한사코 손사래를 치던 제삿밥을 청해 먹어 보았습니다. 음복이라고 해야 달랑 이제 고희를 바라보는 큰댁 형님과 나, 두 사람입니다.

문득, 참 서글펐습니다. 기억에도 없는 할머니를 추념하는 것은 참으로 의미 있는 시간이지만, 이 제사는 그저 형식만 있고 의미 있는 알맹이는 모두 세월과 함께 어디론가 증발되어 버린 느낌 허전한 무엇에 말입니다.

밥을 먹고 돌아오는 길이 1시 30분쯤 되었나요? 추위는 야음을 틈타 절정의 기세로 세상을 접수하고 있었습니다. 강변을 지날 즈음엔 진짜 닫힌 차창 문 너머로 싸르륵 강물이 마저 얼어붙는 소리가 들릴 법이라도 하였습니다. 겨울이 그 정점을 향해 치닫는 느낌이었습니다.

더 추울 거라는 일요일. 그 예보만 믿고 오전엔 꼼짝도 않고, 빌려온 책과 더불어 보았습니다. 굳이 설명하려 들거나, 딱지를 덕지덕지 붙이지 않아도 충분히 헤아릴 수 있을 것 같은 한스러운 삶의 표징인 단종비 '정순왕후'를 화자로 내세운 편지 형식의 역사소설이 그 첫 번째입니다.

경어체의 부드러운 편지 형식이 '역사'란 것의 딱딱함을 거친 돌무더기를 부드럽게 골라줍니다. 시대와 그 사는 곳을 달리해도 역시 그리움은 그리고 이별은 두고 남겨진 인간에게 한없는 슬픔의 저층을 자맥질하게 하는 원천이 되기에 쉬이 공감을 불러일으키게 되는 듯합니다.

내 뼈마디 어디쯤에도 단단히 얼음이 박혀 있을 거예요. 그것을 해빙

할 수 있는 유일한 사람, 당신에 대한 그리움만이 내가 잿더미 같은 시

간 속에 묻어둔 소중한 불씨였습니다.

- 김별아, 『영영이별 영 이별』, 해냄, 25쪽

구름이 몰려듭니다. 몇 눈송이들이 허공을 휘휘 가로지르기도 하는 겨울 오후 풍경. 점심 후의 나른함인지, 엊저녁 조금 부족했던 잠에 대한 보충 탓인지 잠시 낮잠을 자다 깨어났답니다.

불과 4년여, 그것도 스무 살이 되기 전에 어린 남편과 보낸 시간의 기억을 여든둘의 나이, 육십여 년의 시간 동안의 그늘진 세상으로 한평생 한스럽게 살아야 했던 정순왕후가 죽기 전, 자신의 이야기를 역순으로 펼쳐냅니다.

그러나 그 누구도 그녀의 존재를 새삼스레 느끼지 못하였으되, 한 권 책이 꽁꽁 얼어붙어 있던 시간 속에 떠올려보게 하는 것은 문학이 가진 영험한 힘이랄 수 있겠지요?

역사적인 인물로 기억될 수 없는 여항의 범부들인 우리의 삶은, '머언' 시간 뒤에 어떤 모습으로 남게 될 것일까요? 어떤 모습으로 남느냐 하는 것은 기실 아무런 의미가 없을지도 모릅니다. 존재는 소멸의 깜깜한 무명 속에 던져지는 것이고, 그 누구도 흔들어 깨울 이 없을 것이며, 어떤 사소한 느낌이라 할지라도 감각은 모두 살아남아 있는 자의 몫일진대 살아 있는 동안, 깨어 있는 동안 사

랑하며 살 수 있다는 것은 얼마나 한 축복일까.

그렇습니다. 기쁨이든, 슬픔이든, 그리움이든 모두 살아 숨 쉬며, 존재하는 동안의 것입니다. 역사 속 정순왕후의 한스러운 삶을 추억하는 것도 필경은 그녀를 위한 것이 아니라 그것을 통해, 현재 내 삶의 모습을 반추해 보는 데에 진정 의미가 있는 것처럼.

역사소설이 그저 과거의 단순한 사실만 상기시켜 준다면, 그것은 소설이 아니라 단순한 역사적 기록물에 불과한 것인 것처럼 그리워할 대상이 있고 더불어서 그 대상을 사랑할 수 있는 사람이라면 마땅히 살아 있는 존재의 축복이 아닐까요? 그런 생각에 거듭 끄덕이게 하는 책 한 권, 김별아의 '영영이별 영이별'.

독서 산책

박완서, 『그 산이 정말 거기 있었을까』

친절한 완서 씨

  동쪽에서 사선으로 빚은 아침 햇살이 서서히 실내 가운데까지 차 들고 있습니다. 바깥 날씨는 겨울 매서움의 절정을 이룬다지요? 3학년 담임을 하고 난 겨울, 겨울 방과후수업을 쉬는 여유로운 날이 이어지고 있습니다.

  여행을 다녀와선, 두 가지 목표 정도 잡았는데 그 하나가 독서고, 또 다른 하나는 체력 관리랍니다. 나이 드는 줄 모르는 채 그 옛날로만 생각을 해서 자초했던 화가 많았습니다. 흔히, 맘은 뻔한데 몸이 말을 듣지 않는다는 것은 그저 핑계고, 몸이 말을 듣지 않는다는 것은 기실, 체력 관리를 부실하게 한 것에 말미암은 바가 큽니다.

  아프리카 여행에서 60대 두 분이 함께한 것을 보고 처음엔 깜짝 놀랐습니다. 제아무리 산을 뛰고 나는 재주가 있다더래도, 60대라니. 그러나, 그들의 청정함은 그저 안방에서 오롯이 나이대접 받아 이뤄진 것은 아님을 또한 알았지요. 이를 악물고, 몸 관리를 한 것도 아니었고, 자연스럽게 날들을 이어가도록 부지런한 삶을 산 결과였습니다. 느꼈지요. 나는 아직 얼마나 젊고, 많은 날들이 내 뒤에 기다리고 있는가를.

어제 오전에 이어, 바로 집어 든 책은 박완서의 소설입니다. 이 시대의 탁월한 작가인 것은 두말할 나위 없지만, 그 문체는 이제 조금 식상하다고나 할까요? 아니, 식상하다고 한다면 작가에 대한 예의가 아닌 거 같고 그 익숙함이 이젠 조금 부담스러웠다고 하는 게 낫겠네요. 1인칭의 섬세하면서도 조금은 지나치게 친절한 서술이 마치 독자에게 '밥 떠먹여 줄 테니 얌전히 앉아서 받아먹어'라고 하는 것 같습니다. 그야말로 친절한 완서 씨죠. 사람 심리에 그런 까탈이 좀 있지요. 지나치게 친절하면 '참말 짜증 나 내가 뭐 이런 것도 모를까 봐 미주알고주알 잔소리람' 하는 억하심정.

그분의 자전적 1부 소설이라 흔히 말하는 '그 많던 싱아는 누가 다 먹었을까'는 읽은 지 하도 오래돼서 도무지 기억도 나지 않습니다. 방금 읽기를 끝낸 '그 산이 거기 정말 거기 있었을까'는 그 후속편에 해당하는 소설이라지요.

전쟁의 상황을 도대체 어떤 말로 표현하는 것이 적확할까요? 그것도 직접 겪어보지 못하고, 그저 이런저런 간접 경험(책이나 영화, 혹은 들은 이야기)으로 헤아리는 우리에겐 그걸 어떤 말로 드러낸다 해도 겪어본 이들의 정황을 표현하는 데 한계가 있겠지요? 말로만 듣던 아프리카와 겨우 일부분이었지만 직접 밟아 본 아프리카가 그렇게 달랐던 것처럼.

스무 살 초반의 화자가 그런 6.25의 그런 정황 속에 겪는 신산의 삶이며 주변 상황 묘사는 1930년대 박태원이 '천변풍경'을 통해 당대 삶의 모습을 그려낸 것과 어깨를 나란히 할 수 있는 것이란 생각이 들었습니다. 다만 박태원의 그것이 여기저기 옮겨 다니면서 서로 다른 눈을 가진 인간 군상들에 의해 찍어내는 공시적 모자이크 같은 것이라고 한다면, 박완서의 그것은 시종일관 한 사람의 내면에서 부침하는 통시적인 홀로그래피 같은 것이라고.

초판 이후 34쇄, 그리고 2006년 재판 이후 4쇄를 거듭한 이 소설을 두고 이제야 느낌을 추스르고 밑줄을 긋는다는 것은 새삼스러운 일처럼 참 머쓱한 느낌입니다. 그것도 아이들에게 문학을 가르치고, 어느 한 대목 수능 시험 지문에 나올 법한 이 소설을.

그러나 그저 읽고 휙휙 던져버리고 말면 스쳐 지난 바람처럼 내 속에 하나도 걸리지 않은 채로 지나기 일쑤인 까닭에, 이렇게나마라도 싱거운 밑줄 긋기를 해 본답니다.

제목과는 달리 '산'에 관한 언급, 특히 존재로서의 산에 관한 얘기는 본문 중에 없답니다. 하나의 메타포가 되겠지요. 우리에게 정녕 있었던 '그 산', 그러나 언제부턴가 우리는 '그 산'의 존재를 까맣게 잊어가고 있었고, 급기야는 정말 거기에 그런 산이 존재하기나 했느냐고 의아해하기도 합니다.

그것이 망각의 역사일 수도 있고, 개구리 올챙이 적 생각하지 못하는 인간의 아둔함의 한 단면일 수도 있겠지요. 아팠던, 불편했던 기억이라면 '망각'이 효율적인 치료제가 될 수 있음을 압니다. 현실의 편안함이 있는데, 까짓 무어 그리 마음 아프게 하는 불편한 기억들이거나 생각들을 붙잡고 힘들어하냐고. 그러나, 제아무리 편리가 일상의 평화가 걱정 없는 현실을 보장해 준다 하더라도 사람은 결코 그것만으로는 행복할 수 없나 봅니다.

조금 생뚱맞은 이야기 같지만, 내게도 이 소설의 메타포 같은 '산' 하나쯤 있었으면 합니다. 아니, 거기에 미치진 못하더라도 나름의 '산'이 분명 존재했는데, 문제는 소설의 제목처럼 '있었을까?'란 의문부호조차 스스로 가져보지 못했던 것에 있었던 것 아닐까요?

어쩌면 지금 이 순간이 '그 산' 가까이에 혹은 속에 살고 있는 시간인지도 모를 일입니다. 그래서 다시 더 먼 훗날에야 이렇게 읊조릴지도 모르지요. '그 산이 정말 거기 있었을까'라고.

신경숙 『엄마를 부탁해』

장한 흉터,
늠름한 상처

책을 덮는 순간, 아니 책을 읽는 순간 내내 가슴이 저렸습니다. '외딴방'에선 그녀…… 우물에 쇠스랑을 빠뜨렸더랬지요. 그런데 마치 그 쇠스랑이 내 가슴에 박혀 드는 듯한 통증이 느껴지는 것은 무슨 이유였을까요?

백로들이 자는 저녁 숲을 보러 가자던 그 소녀는 어느새 세월의 파고를 넘어 현실 속의 자아가 되고, 그녀를 세상으로 당당하게 들여놓은 그의 어머니…… 아니 엄마가 실종되었습니다.

그러네요. '사실'과 약간의 '허구'가 결합된 것이지만, 독립영화 '워낭소리'가 관객들을 불러 모으는 것은 영화 속 늙은 소와 동일시되는, 그러니까 우리 시대 '아버지'로 표상되는 영감님의 신산한 삶에 대한 연민과 공감, 향수 같은 것이었지요. 이런저런 할머니의 푸념 같은 서술이 조금은 거슬리기도 했지만, 연신 머리 아파하면서도 농사일에서 조금도 몸을 빼낼 생각을 하지 않던 영감님의 얼굴은 그 자체로, 클로즈업되는 것만으로도 숱한 내레이션보다 더 많은 얘기를 들려주는 것이었습니다.

이 소설에서는 좀 더 세심하게, 보다 더 구체적인 묘사와 이야기 전개로 독자들의 가슴을 훑어냅니다. 소설의 뒷부분에서 '너'로 2인칭화 된 딸은 결국 '피에타'를 통해, 엄마의 희생과 헌신과 함유물 100퍼센트인 사랑을 함축시켜 드러내려 하고 있지요.

신경숙의 새 장편소설 '엄마를 부탁해'. '외딴방' 이후, 몇 단편들이 신경숙 소설의 끈을 이어가고 있었지만, 장편은 줄곧 기대 이하였습니다. 몇 쇄를 거듭하지만, 그것은 출판사의 상업적 접근과 작가의 명망이 빚어낸 후광이었을 뿐, 책을 덮을 땐 늘 쓸쓸하기만 했습니다. '깊은 슬픔'이라든지 '바이올렛'이라든지, '리진' 등등.

그러나, '외딴방'을 거쳐 시대를 관통하고 어른으로 성장한 그녀는 다시 20여 년의 세월을 지나 그녀의 삶이, 현실이 그저 우연히 그렇게 기적처럼 이뤄진 것이 아니라 누군가의 상처와 숱한 흉터를 바탕으로 빚어낸 자랑임을 알게 됩니다. 어머니 당신의 아픔과 상처, 그 되풀이되던 상처가 빚어낸 흉터들이 모두 그렇게 늠름하고 장한 아들딸의 현재를 이루게 된 것이지요.

남편, 시누이 심지어 자식들에게까지 스스로 가진 마음의 무거운 것들은 덜어 내려 하지 않았던 엄마. 조금 책 읽기의 핵심에서 비켜난 것 같지만, 그런 엄마에게도 단 한 사람, 남편 아닌 '그'가 있었지요.

미안하구 미안허요. 처음에는 어색해서 그랬고, 얼마 후엔 그래선 안 될 것 같아 그랬고, 나중엔 내가 늙어 있었소이. 당신은 내게 죄였고

행복이었네.

- 신경숙 『엄마를 부탁해』, 창비, 234쪽

언제나 한결같이 그 자리에 있어 줄 수 있는 사람이 있었기에, 그녀…… 세월의 상처와 흉터를 늠름하게 장하게 견딜 수 있었던 것 아니었을까요?

여러 종류의 사랑이 있다지만, 자식이거나, 다른 어디에서 채울 수 없던 그녀 만의 사랑은 그토록 신산했던 그녀 삶을 견디게 해 주었던 삶의 지지대 같은 것이기도 하였습니다.

몇 개월 지나지 않아 베스트셀러니 뭐니 떠들썩해서가 아니라 저마다의 상처와 흉터로 신산한 삶을 살아가고 있는 이들에게나, 까닭 없는 허무에 괴로워하는 이들 혹은 그저 밋밋하고 무덤덤하게 일상을 살아가고 있는 사람들에게 읽기를 권유해 주고 싶네요.

'엄마를 부탁해'.

정미경, 「아프리카의 별」

마음에 사막을 가진
사람들의 이야기

    정미경의 '장밋빛 인생'을 기억한다. 인상적으로 읽었던 소설이다. 신간 도서 코너에 꽂혀 있는 그녀의 소설을 집어 든다. 밖에는 온통 봄이 펼쳐지고 있었다.

    아프리카가, 사막이 갈증처럼 똬리를 틀고 있었다. 그것은 말마따나 마음에 저마다의 사막을 가지고 있기 때문일까? 무엇인가를 찾기 위해서? 혹은 어떤 알 수 없는 이끌림?

> 사막은 은유를 헤아릴 수 있는 장소는 아니다. 사막엔 칼로 자른 듯
> 선명한 두 개의 세계 외엔 없다. 빛과 어두움. 그러니, 운명의 모호함
> 에 질린 사람이라면 누구든 중독될 수밖에 없는 거지.
>
>   - 정미경, 『아프리카의 별』, 문학동네, 23쪽

    운명의 모호함에 질린 사람들? 가장 믿었던 친구와 아내에게 배신을 당한 '승'은 모든 것을 접고 아프리카로 온다. 그의 딸 '보라'는 까닭을 묻지도 않은 채 단지 그 아버지의 딸이란 이유만으로 덩달

아 낯선 땅에 몸을 내린다. 삶을 배신하고 운명마저도 바꿔버린 배신자를 찾기 위해 달려온 곳은 온통 사막이다. '사하라'는 결국 '아무것도 없는' 곳이니, 있음을 찾기 위해 없음 속으로 들다니 얼마나 한 생의 역설인가?

사랑이란 사람의 일 중에서 가장 이기적이라며, 가장 이타적이어야 할, '사랑'이란 것이 섬뜩한 칼날로 햇빛 아래 살기를 띤다. 싸구려 유행가 한 대목 생각날 법도 한데 도무지 배신하여 떠나간 그들을 용서하지 못하는 처절함으로 '승'의 마음에 모래바람이 그치지 않는다.

부모에게 그저 돈벌이의 도구로만 착취당하는 소년인 '바바'와 낯선 땅에 내팽개쳐진 '보라'는 모두 굳이 은유하자면 마음의 사막을 가진 자들이다. 아, 상투적인 감상이지만 서로에게 오아시스가 필요했던 것이다.

'로랑'에게 오아시스는 '아름다움'이었으나, 결국 그것은 또 다른 신기루에 불과한 것이었다. 그 역시 사막 '사하라'의 이름처럼 아무것도 없는 것에 미혹되어 죽음을 맞이하게 된다.

결국엔 무엇인가? 마음에 사막을 갖고 사는 우리 모두의 이야기?

박범신, 「킬리만자로의 눈꽃」

아프리카 킬리만자로를
회상하며

때 이른 푸르름 벌써 이렇게 깊어졌습니다. 꽃철인가 했는데, 꽃 진 자리에 가파르게 짙어진 나뭇잎들……. 아파트 울타리 사이 덩굴장미는 오월도 되기 전에 꽃이라도 피울 듯, 무성한 이파리를 하고 있습니다. 학교 오는 길섶 늘어선 잎으로 치장한 벚나무들이 푸른 그늘을 드리워줍니다. 뒤쪽 낮은 언덕 위로 키 큰 나무들이 뿜어놓은 연둣빛 선율. 꽃잎 떨군 지 불과 며칠. 오백 원짜리 동전보다 더 커진 산벚나무 이파리를 보게 됩니다.

어제, 오늘은 내내 학교에 머물면서 아이들 공부 참견을 하고 있습니다. 평소에도 곧잘 스스로 잘하는 아이들이지만, 다음 주에 있을 시험이 녀석들을 더욱 팽팽함 속에 몰아넣는가 봅니다.

자습실이 있는 곳은 4층인 셈이네요. 문밖에서 풍경 바라보노라면, 어느새 문득 깊어진 계절이 성큼 불러일으키는 그리움의 멀미. 나는 한참이나 뒷짐을 지고 서서 그 풍경에 눈을 묻습니다. 늦은 몇 녀석들은 그런 내 모습에 '움찔' 죄송하다며 면구스러워하면서 들어서기도 합니다.

독서 산책

며칠 전, 도서관에 갔다가 박범신의 '킬리만자로의 눈꽃'이란 소설을 뽑아 들었습니다. 과거가 되어버린 지난날. 그러나 그런 속에도, 깊고 짙은 자극의 경험들은 비록 그것이 시간적으론 과거의 것이 되어 있다 하더라도 생생하게 현재형으로 되살아나곤 하는 생명을 가지고 있습니다. 지난겨울, 킬리만자로 산행도 그런 부류의 하나랍니다.

새벽, 아니 밤 12시의 깊은 시간으로 출발해서 수도승처럼 반걸음, 그 반의반으로 더디게 묵묵히 걸어 오르던 키보봉. 여명과 일출의 아스라한 시간 속에 비로소 열리던 빙하의 산정의 모습과 그 발아래 굽어 보이던 아프리카의 산하.

'킬리만자로'라는 문자 표식 하나만으로도 이 책이 내용 여하와 관계없이 선뜻 내게 와 안겼다고 한다면, 때로 삶은 냉철한 이성이나 과학으로만 운행되는 행성은 아닌 듯합니다.

사뭇 자전적인-혹은, 자기변명 내지는 변호 같은-그런 소설이었습니다. 작가란 무엇인가? 작가의 삶은 어떠해야 하는가? 이런 질문에 대한 답 찾기라고도 생각되었지만, 작가의 열등감 내지는 부채 의식의 호소 같은 것으로도 생각되었습니다. 실은 나도 그 이전엔 박범신의 작품들을 '통속' 쪽에 가려두곤 하였더랬는데. 그건 내가 그의 작품을 맹렬히 탐독한 뒤의 결론이라기보다는 은연중, 세상에 유포되어 있는 평판들을 여과 없이 받아들인 쪽이라고 봐야겠습니다.

여하튼 소설 속 작가인 정영화는 역시나 작가의 분신이라고 봐도 좋을 것 같고, 그 속에 나오는 숱한 여성 편력(?)들은 제각각 상징적인 무엇으로 봐야 할 것 같네요. 물론, 최고의 가치이며 상징은 킬리만자로의 만년설인 '눈꽃'이겠지요. 작가가 이르고자 하는 이상적인 세계의 정점.

하지만, 사실 내겐 그런 것들은 별반 와닿지 않는 지엽적인 것들일 뿐이었습니다. 그 속에 나오는 마웬지봉이며, 키보봉, 암보셀리, 나이로비 사파리호텔, 마사이족 마을의 고유 명사들이 빚어주는 기억의 현재화와 추체험. 그것들을 맛있게 읽었을 뿐이었습니다. 작가에겐 결례가 되는 일인가요?

자신의 뜻대로만 작품이 읽히길 바라고, 소설 속 정영화처럼 혹은 작가 박범신처럼 비판적 비평에 격분한다면 그것은 문학의 소통 구조를 잘못 독해한 것입니다.

인기를 위해서거나 밥을 위해서, 자기변명을 위해서 작가가 글을 써서 세상에 내놓는다는 것은 그 외의 모든 정황들로부터 자신을 내려놓는다는 의미도 되어야 한다는 생각 때문입니다.

성급하게 더위를 느낄 만한 오후로 접어들었습니다. 벌써 등꽃이 필 채비를 하고 있네요. 10여 년도 더 지난, 중학교 근무에 근무할 적 기억으론 스승의 날에 아이들이 등꽃을 꺾어 리어카(손수레)를 치장하고 교문 앞에서 선생님들을 모시고 운동장을 가로지르곤 했었는데, 그 오월 중천이 오기도 전에 등꽃이 필 채비라니.

어쨌거나 킬리만자로의 눈꽃을 읽으면서 되짚어 본 지난 시간의 기억은 황홀한 것이었습니다. 먼지로 '뽀오얀' 길섶 문명을 거부한 마사이족의 퀭한 눈, 탄자니아, 암보셀리 국립공원, 마웬지봉과 킬리만자로의 만년설과 그 속에 항상 가파르게 치닫던 그리움들과의 주유(周遊).

문정희, 〈찔레〉

찔레,
혹은 애련(哀戀)

오월이 깊습니다.

때 이른 더위가 이젠 새삼스럽지도 않은 오월을 따라 나뭇잎 그늘은 더욱 깊어지고, 아파트 주변 울타리를 따라 덩굴장미도 삼삼오오 꽃을 피워냅니다. 1층 교실 너머 화단에 탐스럽게 여러 꽃망울 터뜨리는 장미도 눈부십니다.

문정희 시인의 '찔레'란 시를 며칠 전에 읽어 본 기억이 납니다. 봄기운 타고 마구 자라난 찔레순, 여린 마디를 꺾어 껍질을 벗겨내고 먹어 보던 어릴 적 기억 또한 새롭습니다.

그런데 이 오월. 찔레 혹은 찔레꽃이란 이름을 읊조려보는데, 울컥 밀려드는 어떤 애틋한 느낌이란 무엇일까요? 찔레를 소재로 널리 불렸던 노래들이 어느덧 핏줄에 실려, 피돌기를 느린 저음으로 하게 하는 그런 애잔한 음률 배인 탓도 있겠지요. 대표적으로 장사익이 부른 '찔레꽃'의 절규 어린 목소리가 심중에 핏빛으로 배어들기도 하였겠지요.

허나 그 까닭, 그 이름이란…….

찔레꽃은 장미꽃처럼 가까이에 두고 늘 마주할 당신이 아니라, 먼발치 비탈지고 외진 산기슭 홀로, 애처로이 떨어져 기다리는 님과 같은 존재로 새겨진, 그래서 스스로의 가슴에 가시를 드리우고 아파하는 애련(哀戀)과 같은 모습…… 그 탓은 아닐까요?

화려하게, 아름답게 핀 장미꽃 모습을 보다가 오늘 문득 산언덕 한 모서리에 애절한 얼굴로 피어 있을 찔레꽃을 떠올렸습니다. 그를 생각하니 마음이 저렸습니다.

> 슬픔마저 내내 삭이며, 무성한 초록으로 서 있을
>
> 그…… 사랑…….
>
> 찔레

고재종, <눈물을 위하여>

오월도 어언 끝자락에 이르렀습니다. 초등학교 시절, 등하교를 할 적엔 먼지 폴폴 나는 오 리 신작로를 타박타박 걸어 다녔지요. 그 길섶엔 어김없이 미루나무가 서 있었습니다. 강변에도 유난히 미루나무가 많았답니다. 가지만 꺾어두어도 잘 자란다는, 그리고 금세 자란다는 그 나무는 그러나 볼품없다는 이유로, 꽃가루가 날린다는 탓으로, 나무가 무르고 쓰임새가 적다는 이유 등등으로 하나둘 베어져선 사라지곤 했습니다.

하지만, 옛 풍경을 떠올리면 어김없이 강물에 긴 그림자를 드리운... 햇빛에 눈물처럼 찰랑찰랑 빛나는 미루나무 이파리가 재생되곤 합니다. 그 글썽이는 이파리의 반짝임이 무슨 묵묵한 삶의 뒷그림자라도 되는 양 말입니다.

오늘같이 비 온 뒤 맑게 갠 날은 그 무슨 슬픔 그 무슨 아름다움을 위해서라면 그대의 묵묵한 배경이 되어도 기꺼이 강 끝 저 멀리로 눈 들며 세월의 피로 흐르는 미루나무처럼 그렇게 햇빛 더불어 글썽이고 싶네요.

전경린, 「검은 설탕이 녹는 동안」 외

덕유산 골짜기서 책 읽기

식구들이 모두 저마다의 일이 있어 집을 비우게 되는 날. 나도 주저함 없이 주섬주섬 책과 먹거리를 챙겨서 집을 나섭니다. 나서는 길에 들러 반납을 하고 다시 뽑아 들게 된 책은 전경린과 아사다지로의 소설, 그리고 김남희의 여행기입니다.

지난 산행에 이어 다시 동행하게 된 전경린은 말마따나 중독의 요소가 있네요. 4년 전에 안나푸르나 트레킹을 갔을 때에 그녀의 산문집 한 권과 동행한 적이 있었습니다.

열흘 남짓의 걷고 또 걷는 시간 사이, 여백이 참 많았습니다. 일찍 이른 롯지에선 멀거니 설산을 바라보거나 가져간 책을 읽었지요. 그때 전경린의 산문집을 아마 두세 번 정도 거듭 읽었을라나?

덕유산 한적한 깊은 계곡 속으로 들어가 자릴 잡습니다. 꼭, 3년 전이로군요. 그때 그 자리. '위대한 영혼의 주술사'를 읽었던 바로 그 계곡. 아, 이 계곡의 깊이를 어찌 말로 설명해야 할까요? 우선, 햇빛을 구경하기가 힘이 듭니다. 계곡 사방을 드리운 높은 산들이 하늘을 7할쯤 가리고, 남은 하늘은 키 큰 나무의 이파리들이 다

차지해 버렸습니다.

얇은 재킷을 하나 넣어갔는데, 긴 바지를 챙겨오지 않은 것을 후회할 정도였습니다. 정말입니다. 아랫녘은 때늦은 더위가 들끓고 있는데…… 긴팔 옷을 입고도, 추위를 느꼈으니까요.

조금 너른 바위는 비스듬해서, 깔아놓은 자리가 약간 흘러내리고 위쪽 평평한 바위 하나는 드러눕기엔 조금 좁습니다. 앉거나 조금 비스듬히 기댄 자세가 불편하면, 베이스캠프(?)를 옮겨가면서 전경린의 소설을 읽습니다.

세상에 대해 어쩌면 조금은 무책임한 듯한 방황과 파격의 화소가 많은 듯 보이는 그녀의 소설. 하지만 그녀의 문장들엔 건조하고 타성에 젖어 사육당하듯 살아가는 일상의 관성에서 섬광같이 쩌릿하게 감각의 세포들을 일깨우는 마력이 있습니다. 도덕이니 생의 교훈이라느니 하는 것들은 제발, 국정교과서의 가르침만으로도, 연일 개탄스러워 마지 않는 말투의 대중매체들의 사설만으로도 충분합니다.

산속의 시간은 가늠할 수 없는 속도로 운행을 합니다. 중간에 간단한 점심 요기를 한 것을 빼면, 불과 1시간이나 흘렀을까 했는데…… 벌써 오후 2시를 넘어 소설 속 '수련'은 혼돈의 스무 살을 넘어 20년 후의 해경을 만나며, 에필로그를 향하고 있습니다.

오소소 한기가 더욱 몰려옵니다. 오후 2시 30분을 가리키고 있습니다. 휴대폰은 그저 시계의 기능으로만 쓰입니다. 통화불능지역이거든요. 그다지 멀지 않은 곳에 들머리가 있긴 하지만, 이곳은 인적도 드문, 그러나 정말 깊고도 고요한 덕유산 자락.

하지만, 산능선과 키 큰 나무숲 아래 계곡은 저물녘인 듯 어둑하기만 합니다. 혹은, 소나기구름이라도 짙게 드리운 것일까? 의아하기도 할 지경이랍니다.

이제 '아사다 지로'를 펴듭니다. 문학성의 가치는 어떤 관점으로 매김 하느냐에 따라 저울추가 다르게 적용되겠지만, 전경린이든, 아사다지로에 대한 평가든, 문학성보다는 대중성 쪽으로 저울추가 기울어 있는 면이 있는 것 같습니다. 그러나 이 작가들에게서의 대중성이란 말은 '저급'이거나 '흥미'의 요소로만 이해되는 것을 경계하고 싶습니다.

소설에서 서사(이야기)의 요소는 선택이 아니라 필수입니다. 초현실주의적 작품인 이상의 '날개'조차도 '서사'는 매력적이거든요. 그런데, 도서관 서가를 채우고 있는 몇 작품들은 이런 기본적인 요소에서조차 부실해 독자들의 한숨을 불러내고, 종이와 잉크의 아까움을 느끼게 만듭니다.

영화가 시작된 어두운 극장 안에 들어서면 한동안 장님처럼 볼 수 없게 됩니다. 이윽고는 서서히 사물들이 눈에 띄기 시작하지요. 한동안은 낯설어서 분별이, 얼개가 잘 잡혀 들지 않아서 애를 먹다가도 눈이 밝아질 무렵쯤에는 지리멸렬한 억지 이야기만 늘어놓는 소설들에게서 느끼던 실망감. 노출 부족으로 찍힌 사진들을 화면으로 확인했을 때 들던 대책 없는 생각들 같은.

하지만, 아사다지로의 소설들은 단편 장편 가릴 것 없이, 처음부터 줄거리 속으로 쉽게 접어들게 합니다. 그리고, 재미있고 따뜻합니다. 이야기를 엮어내는 그 매끄러운 솜씨.

열두 살 소녀의 시점으로도, 소년의 눈으로도, 중년 남자 여자의 눈으로도 전혀 어색함 없이 엮어낼 수 있는 이야기의 천연덕스러움에 빠져들게 됩니다. 여섯 편의 중, 단편 소설을 묶은 이 소설도 단절음 없이 각 개의 짧은 이야기로 이어져 읽힙니다.

이제 다시 뜨거움으로 끓는 지상으로 내려설 시간이 가까웠네요. 즐거운 하루였습니다.

김명인, <꽃차례>

꽃철을 넘어
잎 무성한 계절로

모처럼 1교시가 비었다. 때 이른 더위가 이어진다지만, 벌써 유월
도 중천에 들어섰으니 유난스러운 더위란 말은 무색한 표현 아닐까.

산벚나무 아래에 가만 가서 서 본다. 그 아래 벌써 '까아맣게' 익
은 버찌들이 떨어져 검은 자국을 남기거나 잎 사이, 잘 익어 탱글
한 버찌들도 눈에 든다. 건너편 아파트 울타리에 한창이던 덩굴장
미도 꽃빛이 시들고…….

다시 꽃철을 넘어, 무성한 잎의 절기에 들어섰구나. 그 잎과 버
찌를 가만 올려다보면서, 내게 웃음을 건넨다. 이제 그만 지난 시
간들일랑 놓아버리자고 손가락 사이로 빠져나가는 시간들의 물살
에 마음 아파하지 말자고 이렇게 푸른 잎들이 상큼한 바람을 몰아
오는 이 시간들을 미소로 머금자고 혼자 속삭인다.

김명인의 시 '꽃차례'란 시를 다시 읽는다.

한때는 왁자지껄 시루 속 콩나물 같았던
꽃차례의 다툼들 막 내려놓고

들릴락 말락 곁의 풀 더미에게 중얼거리는 불꽃의 말이

가슴속으로 허전한 밀물처럼 밀려들었다

- 김명인, <꽃차례> 중

　투병 끝에, 죽음의 문턱을 경험한 뒤에 썼나 보다. 어쨌거나, 애잔함이, 조금 많이 쓸쓸하다는 표현을 섞어도 과하지 않을 외로움이 느껴지는 해 질 녘이다.

　김연수의 '우리가 보낸 순간'이란 책에서 처음 만난 시다. 그 표지 한편에 이렇게 적혀 있다. '작가 김연수가 사랑하고 마음에 담아두었던 문장들, 말하자면 사랑 같은 것!'

　시를 읽고, 그에 부딪히는 마음의 편린들을 끄적인 것이랄까. 난, 이런 부류의 책을 참 좋아한다. 시를 앞에 두고 꼭 그 시에 대해서만 감상을 말하지 않았다. 시는 시대로, 작가의 산문은 산문대로 엇나가는 듯 그러나 그 정서와의 물꼬를 이어간다.

　산벚나무 아래

　다시 깊은숨을 들이쉰다.

　웅숭깊은 계절 내음이 온갖 모공을 열고 들어서는 아침.

전경린, 「물의 정거장」

유토피아란
과거의 집착?

비가 오거나, 흐린 날 이어지다 뚝 그친 날들로 며칠 이어져 펼쳐진 것은 맑은 가을 하늘입니다. 더욱 애틋하게 파래 보이는 것은, 그도 그럴 법 얼마나 많은 흐림 속에 지냈던 지난여름이었나요.

낮 동안은 아직도 기온이 오른다고 하지만 한결 부드러워진 햇빛, 그리고 그 결에 더욱 은은해진 풀빛은 굳이 기억을 떠올리지 않아도, 달력의 숫자를 가늠해서 따지지 않아도 오감으로 느낄 수 있는 가을, 가을인 것입니다.

사나흘 전에 읽은 한지혜의 두 권 장편소설은 글쎄요. 이야기 속에 젖어 든다는 것 외엔 별다른 느낌이 없었고. 요 근래 몇 년, 몇 번의 실망에도 불구하고 그 이전의 기대치(강석경, 조성기, 이문열, 박영한, 이혜경 등 쟁쟁한 문인들이 기수상자였던 것)로 다시 '2010 오늘의 작가상'이란 타이틀만으로 뽑아 든 김혜나의 '제리'라는 소설은 자극적이고, 조금은 충격적인 묘사와 시선을 얹었더군요. 쉽게 건드릴 수 없는, 어쩌면 감히 시도하기 어려운 그런 독특한 시선……그것으로 주목을 받았던 것일까요? 그러나, 그것뿐이었습니다. 삶의 절망과 패배 의식이란 낯익은 현실을 다소 하드코어적으로 추출해 낸 것뿐이었으니까요.

이 책들 이전에 〈물의 정거장〉이란 표제로 10편의 단편을 수록한 작품을 읽었습니다. 그중 한 작품 〈부인내실의 철학〉에 나오는 구절을 노트에 메모해 둔 것을 펼쳐봤답니다. 삶을 대하는 방식이, 가치가 옳은지 그렇지 않은 지의 문제는 잘 모르겠습니다. 하지만, 나는 그녀의 감각적인 문장들에 빠져들곤 합니다. 그녀의 문장들을 보노라면 잠들어 있던 감각의 모공들이 수직으로 일어서는 듯한 느낌이랄까요?

잃어버린 것은 완전해 보이지. 하지만 막상 그때로 돌아가면 결코 완전한 건 없어. 돌아갈 수 없기 때문에, 상처 때문에 유토피아적 환상이 생기는 거야. 유토피아란 그래서 미래의 이상이라기보다는 상처로 인해 돌아갈 수 없는 과거에 대한 집착이기도 하지.

- 전경린, 『물의 정거장』, 문학동네, 280쪽

그렇네요. 그렇습니다. 사람들은 아름다웠던 혹은 젊었던 과거의 한 시절을 종종 추상하곤 하지요. 그리곤 간절히 그 시절로 돌아가고파 하기도 합니다. 하지만 그때로 돌아갈 수도 없거니와 설령 돌아간다 해도 완전해질 수 없는 것이 과거 기억의 잔당이 얽어 놓은 유토피아가 아니었을까. 상처로 인해 돌아갈 수 없는 과거의 집착이 유토피아를 염원하게 된다. 그럴듯한 말이라고 주억거리며 메모지에 다시 옮겨 적었던 구절이었나 봅니다.

도종환, <세 시에서 다섯 시 사이>

지금 우주의 계절은 가을을 지나가고 있고, 내 인생의 시간은 오후 세
시에서 다섯 시 사이에 와 있다.

…(중략)…

아직도 내게는 몇 시간이 남아 있다

지금은 세 시에서 다섯 시 사이

- 도종환, <세 시에서 다섯 시 사이> 중

10년 만의 강추위가 절정에 이른다는 일요일 아침. 오전 햇볕이
찾아드는 실내에선 까닭을 모르는 아이 표정으로 추위란 말은 실
감할 수 없다.

도서관을 향하기 전에, 지난번 대출했던 세 권 중 남은 한 권 책
을 펴든다. 어젯밤 뒤엉킨 꿈 탓인지, 숙면을 취하지 못해 어슴푸
레 활자를 더듬었으나 시 한 편 문득, 정신을 빳빳하게 깨워놓는
다. '세 시에서 다섯 시 사이'란 도종환의 시.

내 것으로 올 것 같지 않았던 나이들을 하나하나 뒤로 눕히며,

세월 속을 걸어왔다. 조금 충격적이었으나, 결혼과 가정과 아이들이란 장치로 완충을 했던 서른을 지나 황망하다며 하릴없는 어깨 으쓱이던 마흔 고개도 오래전에 넘었다.

그리고, 이제 쉰의 고개조차 벌써 넘어섰다. 오 맙소사! 이 고개 앞에선 부끄러웠다. 이 고개 이르도록 당신은 무얼 하며 살아왔느냐고 누군가 따져 물을 것만 같다.

아니 솔직해지자. 부끄러웠다기보다는 아득했다. 무엇을 해야 하나. 어찌하고 살아야 하나. 숱하게 몰려 닿는 상실감들을 어떻게 다스리며 살아야 할까.

프랑스 격언 중 개와 늑대의 시간(L'heure entre chien et loup)이란 말이 있는데 이는 종종 영화와 드라마, 소설의 제목이 되기도 한다. 해가 뉘엿뉘엿 넘어가기 시작하고 길 위에 어스름한 땅거미가 깔리는 때, 낮도 아니고 밤도 아닌 어름에 서 있다. 다른 비유들로도 재해석되는 말이지만, 나는 이 시간의 어름에 서서 어찌할 바 모르고 우물쭈물하고 있는 것만 같다.

시인은 그러나 이런 나와는 달리, 중심의 시간이 지난 후에도 '어두워지기 전까지 아직 몇 시간이 남아 있다는 것이 고맙고 해가 다 저물기 전 구름을 물들이는 찬란한 노을과 황홀을 허락하시리라는 생각만으로 기쁘다'라며 이 시간을 긍정한다.

그렇다. 문제는 외부가 아니라 언제나 내 속에 있다는 것을 어디 어제오늘 알았으랴.

스스로의 삶을 따스한 시선으로 바. 라. 보. 는.

그 비결…….

박범신, 『비우니 향기롭다』

여행,
그리고 그리운 당신

도서관 서가 앞을 어슬렁거리다 보면 저 책을 내가 전에 읽었던가 아닌가 하고 생각하는 일들이 허다합니다. 인상적인 작품들은 또렷이 기억이 나지만, 읽다 쉬다를 반복하며 간신히 읽어 넘긴 책들은 기억 속에 아릿할 적이 많습니다. 세월의 주름살 속에 감당하기 버거운 기억들의 한숨처럼 스스로를 안타까워하게 만드는 대목이기도 합니다.

독서감상문이라면 좀 어쭙잖지만, 가능하다면 읽은 책들에 밑줄이라도 그어두면, 훗날 다시 한번 뒤적여보는 데도 도움이 되지 않을까, 그래서 했던 생각이었습니다.

이런 구절을 다른 책에서 읽은 적이 있습니다. "자아가 곧 세계라는 말을 믿는다면, 가보지 않았던 낯선 지방으로 떠나는 여행은 곧 자신에게 감춰졌던 자아의 영역 속으로 떠나는 여행이다. 그것은 또한 이전의 자아가 달린 공간의 점질을 깨면서 밖으로 나간다는 것과 같은 의미이다."라는 말.

해서일까요. 요즘 들어 유난히 여행기에 부쩍 손이 자주 닿습니다. 오늘 다시 든 책은 더군다나 히말라야에 관련된 여행기입니다. '그리운 당신'을 편지의 독자로 설정하였더군요. 저명 작가인 박범신에게 그리운 당신은 도대체 누구일까요? 그의 부인, 아니면 그의 특별한 사람? 다수의 독자?

어디까지나 개연성일 따름이지만, 아마도 맨 마지막 쪽일 개연성이 가장 높겠지요? 2월 초판을 내고 5월에 4쇄에 들어갈 정도로 확보된 다수의 독자.

그 그리운 당신에게 보내는 편지의 방식을 취하고 있지만, 기실 나는 단숨에 책을 읽어나가면서도 그 당신이란 독자가 아니라 바로 자기 자신이 아닐까 하는 생각을 했습니다.

전반부는 에베레스트 베이스캠프 너머 칼라파타르까지 다녀오는 과정을 그리고 있습니다. 후반부에는 설핏 안나푸르나 쪽 얘기로 마무리를 지었네요. 대여섯 번을 다녀오기도 하였거니와, 서너 달을 네팔에서 머물며 깊이 사색한 데다가, 박식하기까지 한 저명 작가와 나의 느낌을 비교한다는 것 자체가 어불성설입니다. 하지만 책을 읽어가는 도중에 열등감 내지는 질투 비슷한 감정까지 가졌으니 내 욕심도 어지간한 모양입니다. 내가 미처 느끼지 못했던 것을 그는 찬란한 수사로 쏟아내고 있었으며, 화려한 인용까지 곁들여 빛을 더하였으니까요.

이제 겨우 한 번 찾은 것에 불과한, 해변에 첫걸음마를 시작한 나와 산전수전을 다 겪으며 깨달음의 경지에라도 오를 법한 사람과 비교라니요.

하지만, 공통분모는 분명히 있다고 스스로를 다독거려 봅니다.
나는 그것이 이 작가가 대중적인 인기를 겨냥하고 가식하여 쓴 빈
말이 아님을 믿습니다. 그 하나는 '사색'이고 다른 하나는 '사랑'입
니다. 자기에 대한 진정한 사색이며, 관습이 되어버린 규격화되어
버린 사랑이 아닌 진정한 사랑 말입니다.

　도대체 진정한 사랑이란 무엇을 말하는 것일까요? 나는 아직도 그
것의 속살을 알지 못합니다. 고난의 설산을 찾고 또 찾는 것이란 그
화두처럼 던져진 물음에 대한 답을 찾고자 하는 까닭은 아닐까요?

김인자, 「걸어서 히말라야」

인생은 여행

히말라야에 관한 책들을 계속 읽고 있습니다. 조금, 종교적이고 철학적인 탐구로 순례하는 글에서부터 사진작가의 느릿하고 시적인 은유의 글.

그리고 이번엔 다소 종교적이고 철학적인 거대 담론도, 과감하게 생략하고 압축적이고 상징적인 면만을 포착한 한 작가의 여행기를 접했답니다.

사진과 느릿한 글도 좋았지만 특히, 이번 여행기가 젤 마음에 들었습니다. 마음에 들었단 표현이 적확할까요? 아니면, 쉬이 너무도 친근하게 읽힌 탓이라고나 할까요. 제일 처음 만난 히말라야와 관련된 책은 그 심원한 이데아의 세계를 내 부족한 뇌세포로 감당하기 버거웠는지 모릅니다. 이럴 경우 그냥 신비주의에 심취한 신도처럼 고개를 주억거리면 될 일입니다. 두 번째 경우엔 사진을 통해 현상적으로 드러나는 풍광에 심미적인 혹은 인상적인 접근을 하면 되는 일입니다.

그러나 두 가지 경우 모두, 이성에 혹은 심상에 투과해서 내 속에 투영하는 일이 남아 있는 것들입니다. 세 번째 것은, 그냥 인간적인 고뇌, 희열, 같은 것들이 고스란히 그대로 드러나 있는 글입니다. 맹목적으로 대상을 흠모하였다가, 인간적 한계에 부딪혀 남루해진 자신마저 숨기지 않고 드러내는가 하면 히말라야에 깃든 어두운 그늘조차 미화를 위해 치장하지 않는, 그야말로 있는 그대로 드러냄의 방식을 취하는 글입니다.

각각의 글이 맛과 멋이 다를 수 있는 것은 미식가들의 까다로운 입맛이 어떤 기준으로 음식을 대하느냐 하는 것과 같은 이치라고 생각합니다만. 진부한 표현이 될 수도 있겠지만 작가는 인생을 여행에 빗대어 표현합니다.

> 불확실한 것을 기대하고 바라는 것이 생이라면 세상에 그 어떤 것도 확실하다고 말할 수 있는 것은 없으리라. 그래서 사람들은 여행을 인생에 비유하는 것인지.
> 그렇다. 나는 히말라야를 걷고 난 후 예전의 나와 남이 되었다.
>
> - 김인자, 『걸어서 히말라야』, 눈빛, 6쪽

그렇습니다. 아침 출근과 수업, 아이들의 성적, 컴퓨터, 핸드폰, 비밀번호, 메일, 문자, 아홉 시 뉴스, 물가, 정치, 불경기의 영역에는 이성을 통해 접수해야 하는 세계입니다. 때로는 지식이, 명철한 판단력이, 흔들림 없는 기준 같은 것들이 완벽에 대한 강박증과 맞물려 돌아가야 하는 세상. 그러나 꿈꾸는 자의 여행은 그러한 삶의 기준을 바꿔 놓습니다.

한 가지 풍경만, 한 가지의 모습만으로 존재한다고 믿어왔던 삶에 대해 낯선 세계와의 조우는 세상에 이러한 풍경도, 이런 삶도 있었구나 하는 것을 새롭게 열어주는, 새로운 인생과 만나는 일이 됩니다.

'인생은 여행' 비유가 진부하게만 읽히지 않는 이유입니다.

김선우, 『내 입에 들어온 설탕 같은 키스들』

혁명과 사랑

오늘따라 더디게 아침이 열리는가 했는데…… 잔뜩, 하늘을 뒤덮은 저기압 탓이었더군요. 오전, 느릿하게 일어나선, 조금은 달콤한 김선우의 산문을 읽고 있다가 창밖을 내다보니 비가 내리고 있었습니다.

그제쯤이던가요? 이 책 속에서 '혁명과 사랑의 시인'으로 갈파했던 '마야코프스키' 얘기가 제가 좋아하는 KBS FM(오후 6시부터) '음악이 있는 곳에' 시간에도 흘러나오더군요. 그러고 보니, 공지영의 산문집에서도 이 천재 운운하던 이 시인의 얘기가 있었던 것으로 기억이 살아납니다.

37세에 권총 자살을 했다는 이 천재 시인이 죽은 이유는 단언하기 어려운 것인가 봅니다. 혁명 쪽에 무게를 두는 사람은, 경직되어 가는 체제와의 불화에 그 죽음의 토를 달 것이고 사랑 쪽에 엑센트를 주는 사람은, 유부녀와의 이루지 못할 사랑을 애도하여 그의 무덤에 헌화할 테니까 말입니다. 어찌하였건, 혁명이든 사랑이든 필요한 것은 열정인가 봅니다.

대충 어떻게 쓰고 남은 에너지로 해보겠다든지, 이리저리 바쁘게 옮겨 다니며 상종가를 좇는 자본의 원리를 차용한다든지…… 하는 것들과는 거리가 먼, 온전히 모든 것을 필요로 하는 그 무엇.

혁명과 사랑. 그래서 둘은 서로 극과 극인 듯이 보이지만, 기실 한 뿌리에서 나온 가지인가 봅니다. 혁명이란 것도 실은 그런 것이지요. 제대로 사랑하면서 살만한 세상을 만드는 것.

> 나는 맹세한다.
> 나의 시를 엄숙하게 손처럼 쳐들고
> 변함없이 진실하게
> 그대를 사랑하노라고!
>
> - 마야코프스키, '결론' 중

그리고, 저자는 또 이런 말을 덧보탭니다. 사막에서 길을 잃으면 사막을 벗어나려고 안간힘 쓰지 않고 결 좋은 모래 언덕에 몸을 누이고 별이나 실컷 바라보면서 말라갈 것이라고…… 삶을 향해 발버둥 치지 않고 그렇게 기꺼이 죽음에 가까워지는 것을 택할 것 같다고. 이런 내가 만약 사막에서 살아나오고자 안간힘 쓴다면, 그것은 사막 바깥에 누군가 껴안고 사랑한다고 말해 주어야 할 사람이 있기 때문일 거라고…….

이성복, <남해 금산>

떠남의 방식으로 이루는 사랑

보리암 오르는 길에 이성복의 '남해 금산'…… 시를 새겨 두었더군요. 그 여자 사랑에 돌 속으로 들어갔던 화자와 울며 떠나버린 여자…… 그리고 마침내 혼자가 된 화자가 푸른 바닷물 속에 잠겨 있습니다.

> 한 여자 돌 속에 묻혀 있었네
>
> 그 여자 사랑에 나도 돌 속에 들어갔네
>
> — 이성복, '남해 금산' 중

다시, 남해 금산에 다녀왔습니다. 사랑이 되지 못하고 돌이 되어선 서로 떨어진 거리에서 안타까이 바라볼 수밖에 없는 상사바위며 닿을 수 없는 거리로도 모자라 가로막은 바다가 야속한 뭇 섬들…….

그분은 죽어서 뭇 가슴들에게 되살아났지만, 살아남은 우리들은 가슴을 칩니다. 치명적인 것은 사랑이 아니라, 치명적인 세상을 두려워하여 사랑하지 않는, 못하는 것이라고. 떠남의 방식으로만 사랑을 이룰 수밖에 없는 현실은 참으로 처절한 것이라고.

저물 무렵 바닷가 작은 항구에 가로등이 켜집니다. 참 그리운 당신, 이제 저 '머언' 수평선 휘돌아 오실까. 어둠 묻은 까슬한 바람 찰싹이는 남해. 울면서 돌 속으로 들어간 그 여자…… 푸른 하늘도 푸른 바다도 잠긴 곳, 나도 혼자 잠겨 듭니다.

김승희, <생인손>

손가락 하나의 아픔

그렇게 당신은 나의 생인손이다

세상에는 당신밖에 보이지 않고

다른 생의 가치들은, 뼈들이 녹는 비누의 시간이다.

- 김승희, '생인손' 중

열흘 전쯤이었나요?

멀쩡한 검지 끝이 조금씩 아리기 시작하더니 급기야는 키보드를 건드리기조차 어려워질 정도로 통증이 찾아왔습니다.

손가락 안에서는 옅은 염증이 생기기 시작한 것입니다. 나는 멀거니 그 까닭 없이 찾아온 상처 '생인손(생손앓이)'을 바라다보았습니다.

물끄러미 물끄러미…… 그것이 내 내부에서 웅크리고 있던 어떤, 내가 바라보지 못했던 상처이거나 한 듯이.

그런 나를 아내는 걱정스럽게 바라보곤 하였지요. 심지어는 미련스럽게 병원에도 가보지 않고 왜 그러냐고 병을 키워 화근을 만들기라도 할 것이냐고.

그도 그럴 것이 그에 관한 인터넷 검색을 해보았더니, 섬뜩한 말들이 새겨져 있더군요. 손가락에 영구적 손상을 가져올 수도 있고, 뼈에 감염되면 골수염까지 생길 수 있다나요.

엊그제부터 다행히 상처는 아물어가고, 이젠 아무렇지도 않게 키보드를 두드릴 수도 있게 되었습니다. 내가 그 상처를 향해 한 일은 아무것도 없습니다. 아, 한 가지 있긴 합니다. 손끝에 통증이 있으니 자연 늘 그를 생각하게 되는 것이지요. 그리고 그 검지의 부르짖음에 답하여 자주자주 그를 들여다보곤 하였습니다.

김승희 시인의 '생인손'이란 시를 보게 되었습니다. 물론 이 시는 '생인손' 인터넷 검색을 하다가 보게 된 것이지요. 그리고 그런 것일 수도 있겠구나 생각했습니다.

누군가가 사람을 사랑한다면 몹시도 독하게 사랑한다면 세상의 다른 모든 일들 보다 오직 그것만이 가장 절실한 문제가 되는 것처럼 손가락 하나의 아픔이 다른 모든 것들의 감각을 물리치곤 하는 아주 간단하면서도 심오한 생의 이치 하나 말입니다.

나희덕, <찬비 내리고>

아프다는 말도 조심스러운

우리가 후끈 피워냈던 꽃송이들이

어젯밤 찬비에 아프다 아프다 아프다 합니다

그러나 당신이 힘드실까봐

저는 아프지도 못합니다.

- 나희덕, '찬비 내리고' 중

    도무지 물러설 낌새를 보이지 않는 장마 전선입니다. 여름철이면 잠자리에 들기만 하면 이는 갑갑증 탓에, 거실 소파가 으레 내 침대가 되곤 합니다. 어젯밤도 거실 소파에 누워 잠이 드는가 하는데 창문을 덜컹대는 바람 소리며 이윽고 요란하게 유리창을 긁어대듯 내리붓는 빗소리에 몇 번이나 잠 줄기를 놓쳐버렸는지 모릅니다.

    홍련이 피어 있는데 비바람의 기세는 꽃잎은 물론 금세라도 잎이며 꽃대까지 다 꺾어놓을 것만 같았습니다.

    아침을 먹고 옥상 위로 올라가 보았더니 연꽃은 송이가 꺾이진 않았지만 꽃잎 아랫녘이 몇 찢어지고 꺾이기도 하였습니다. 연잎

몇은 찢어지기도 하였고, 서로 몸을 흔들던 서슬에 이파리에 생채기가 나기도 하였네요. 큰 연꽃은 오늘 꽃이 핀 지 사흘째 되는 날이니, 이제 오므리고 펴는 근력도 약해질 즈음입니다.

아랫녘 찢어진 꽃잎은 살짝 따내고 손으로 톡 건드리니 역시나, 물기에 붙잡혀 있던 꽃잎이 부르르 몸을 떨며 맥없이 꽃잎을 펼쳐냅니다. 꽃심 가까이 얼굴을 가져갔더니 은근한 향기가 전신으로 퍼져듭니다.

이윽고, 다시 빗물이 꽃잎을 칩니다. 붉게 피어올랐던 당신 얼굴이 이내 파리하게 떨고 있는 양이네요. 그를 바라보는 나도 시에서 꽃송이처럼 아프다고, 혹은 몇 년 전 퓨전 사극의 인기 대사였던 '아프냐? 나도 아프다.'라고 하고 싶지만, 내가 아프다 하면 당신 또한 아플 테니, 아프다는 말도 조심스러워 차마 꺼낼 수 없는 마음이 되고 맙니다.

비는 이내 가늘어지고, 잠시 햇살이 돋습니다. 꽃잎에, 연잎에 맺혀 있던 빗방울들도 차마 떨어지지 못하고 햇빛에 그저 글썽이기만 하고 있습니다.

시에서처럼 난간에 매달려 결국엔 떨어지기 위해 시들기 위해, 무게의 눈물겨움으로 반짝이는 방울들도 마찬가지⋯⋯.

내가 함부로 향기롭다면, 떠나는 당신의 걸음을 무겁게 하는 것이 되기에 그마저도 접어야 한답니다.

최승자, <청파동을 기억하는가>

추억의 상처

그리고 지금, 주인 없는 신발마냥

내가 빈 벌판을 헤맬 때

청파동을 기억하는가

- 최승자, '청파동을 기억하는가' 중

나는 서울을 모른다. 그런데 거기서 청파동이라니…….

도서관 열람실 서쪽엔 몇 개의 앉을 수 있는 의자가 놓여 있다. 그 예닐곱 남짓한 자리 중에, 늘 눈길이 가는 한자리는 비어 있기만 하면, 나를 불러들인다.

시집을 몇 권 빼서 거기 앉아본다. 오후 어름이니까, 서쪽으로 비낀 햇살이 들이닥치는 즈음이므로 아주 옅은 연둣빛과 연한 살 굿빛 사이의 색감이 드는 롤스크린은 내려져서, 통째 창문을 가로막고 있다.

그러나 아주 막고 있는 것은 아니다. 그 엷음과 듬성듬성한 직조 너머로 공원 풍경을 재구성하고 있으니 말이다. 롤스크린을 통해 나무가, 풍경이 드러나 보인다. 점묘화 같기도 하고, 빛바랜 오래된 유화를 보는 듯도 한, 또 다른 세상.

청파동은 현실이라는 필터 내지는 거름망이 간섭하기 이전의 유토피아였구나. 꽃잎처럼 포개져, 눈 덮인 꿈속을 떠돌던 몇 세기 전의 겨울은 롤스크린의 빛깔로 차단되고 새로이 고착된 관념의 벽으로 박제가 되어선 급기야 너는 그 청파동을 부인하고, 먼 곳으로 이주하여 웃음마저 거둬 버렸구나.

혼자 남은 나는 오래 찔린 채로, 아니 너의 불빛 안이라면 최후로 다시 한번 찔리기를 바라면서까지 그래서, 한없이 오래 죽고 싶어 하는구나.

고통의 상처, 상처의 고통도 너의 불빛 안이라면……. 그 처절한 응시는 차라리 기꺼이 행복일 수도 있겠구나.

천양희, <우표 한 장 붙여서>

빨간 우체통

꽃 필 때 널 보내고도 나는 살아남아

창 모서리에 든 봄볕을 따다가 우표 한 장 붙였다.

길을 가다가 우체통이 보이면

마음을 부치고 돌아서려고

- 천양희, '우표 한 장 붙여서' 중

어제가 입춘이었습니다. 봄 길목에 든다는 날치고는 참 매서웠던 날이었습니다. 매서움이 뺨을 할퀴고 기어이 따가웠던 날……

아, 우체통…… '빠알간' 우체통을 지나쳐 왔습니다. 언제부터 저 우체통이 낯설고 아득한 존재가 되었을까요? 바라나시의 좁은 골목길에서 만났던 우직하고 고풍스러운 우체통도 머릿속에 그려지는군요.

이 시 속에서 그려진, 사랑과 이별……. 아름다운 그림입니까? 따갑고 아픈 상처입니까? 황홀한 고통? 아름다운 것이든, 따갑고 아픈 것이든…… 사랑하며 지낼 봄날은 그리 많지 않다는 것은 사실. 그러나 세상의 일처럼 어찌하여 혹은 어찌할 수 없어서 나는 꽃 필 때 너를 보내고 말았고……. 다시 꽃 피는 계절 돌아온 즈음에 창 모서리에 든 봄볕을 따다가 우표 한 장 붙여서 차마 버릴 수 없는 참혹한 그리운 마음 벗어 우체통에 넣어 부치고 마침내 돌아서려 합니다.

돌아설 수 있을까요? '나, 돌아설래. 나 잊을래.' 한두 마디 선언하는 말로써 마음의 것들을 정리하였다는 거짓 증언들 간간 시중에 유언비어처럼 떠돌기는 하나…….

처참한, 너절한, 남루한, 징징거리는 편지 따윈 안 쓸 거야. 다짐하면서도, 창 모서리에 든 봄볕이 파들거리며 재생해내는 시간의 추억들이 때로 칼날같이, 날카로운 쇠꼬챙이가 되어 홀로 남은 화자를 베어내고, 할퀼지라도…….

그래도 사랑이었기에 아름다웠다며 말하며 돌아설 수 있을까요? 어찌하였건, 그래도 창 모서리에 든 봄볕을 그리워합니다. 꽃을 틔우건, 가슴속 생채기를 틔우건……. 생애의 봄날은 영원히 지속되는 것이 아니니까요.

조용미, <봄, 양화소록>

꽃을 가꾸고 바라보는 마음

올봄 하릴없이 옥매 두 그루 심었습니다

꽃 필 때 보자는 헛된 약속 같은 것이 없는 봄도 더할 나위 없이 아름답군요

내 사는 곳 근처 개울가의 복사꽃 활짝 피어 봄빛 어지러운데 당신은 잘 지내나요

- 조용미, <봄, 양화소록> 중

무겁고 더딘 봄 걸음입니다. 사월 첫 토요일. 햇빛은 더없이 청명하건만, 바람결에 실린 매운 기운은 사월을 무색하게 하는군요.

지인의 모친상 조문을 다녀왔습니다. 여행을 떠나기 위해 나서던 중 아침까지 만취한 운전자가 멀쩡한 6차로를 두고, 인도로 돌진하여 목숨을 앗아갔답니다.

느리고 더딘 것도, 자연의 일이고 만남도 이별도, 생도 사도 모두 사람의 일로만 이뤄지는 것은 아님을 알겠습니다. 그래도, 길섶 봄꽃은 피어오릅니다. 개나리도 활짝 피었고, 목련 꽃 가슴도 열려

있네요. 낮은 언덕 햇빛 잘 드는 곳엔 복사꽃, 배꽃도 피었습니다.

책 '양화소록'은 조선 초기 문신이자 서화가였던 강희안이 손수 화초를 기르며 기록한 일종의 원예서랍니다. 풀 한 포기의 미물이라도 그 풀의 본성을 잘 살피고 키운다면 자연스레 꽃이 피어난다 하였다는데요. 나는 그 책을 아직 읽어보지 못했지만.

제목에서 꽃을 가꾸고 바라보는 마음은 결국은 사람의 마음을 가꾸고 다스리는 일이 된다는 내용이겠거니… 내 멋대로 유추해 보았습니다.

그 제목에 인간사를 붙여서 시를 적었네요. 가슴이 '짜안해' 집니다. 이제 꽃 필 때 보자는 헛된 약속 같은 것이 없는 봄이어도 더할 나위 없이 아름답다니 결국은 사람의 것들은 지나가 버리는 것이고, 변치 않고 찾아오거나 남는 것은 자연뿐인가 봅니다.

사람이 떠나간 자리에도, 생이 진 자리 너머로도 복사꽃 활짝 피어 봄은 한바탕 어지러운 아름다움을 연출하겠지요.

아프지만 진실이고……
쓸쓸하지만 아름답습니다.

봄, 양화소록……
그런데, 정말 당신은 잘 지냅니까?